北杜夫作品

木精

(日)北杜夫 著

一个关于青年时期和追忆的故事

曹艺 译

浙江文艺出版社
Zhejiang Literature & Art Publishing House

他乡河谷间,
孩童轻轻呼。
故国山林里,
木精悄悄应。

——斋藤茂吉

目　录

第一章
001

第二章
045

第三章
107

第四章
139

第五章
181

第六章
221

第一章

走出神经研究所那古旧的大门,户外暮色浓浓。从早晨到现在,天色一直是阴沉的。眼下,阴沉的天色和暮色糅合,化为一份虚无缥缈、难以捉摸的寒意,直抵人心。

神经研究所建在小山丘上,站在门前俯瞰,小城风景尽收眼底。四层的山形墙小楼密密匝匝,房瓦的红色被低垂的夜幕所覆盖。

五月末,城中的栗树绽放出或白或粉的花朵,芬芳扑鼻。现如今,栗树已经挂上了褐色的小小的果子。这里的秋天很短,此后将迎来漫长的冬季,一连好几个月,都是寒冷阴郁的天气。

放眼望去,家家户户亮起灯火。我匆匆赶路,就像身后有人追赶似的,心里反复念着一句话:

"今天晚上可得饱餐一顿热气腾腾的大米饭。"

今天是我来德国蒂宾根正好两年的日子，心里却没有什么感慨，占据我头脑的，是热气腾腾的大米饭——并非偶见于研究所食堂或者大学食堂的细长粒米饭。那种米饭，米粒干巴巴的，而我向往的，是圆粒米饭的微微黏牙的口感。

我匆匆赶路。

我所寄宿的那户人家，只住着房东玛雅寡妇（寄宿的大学生都叫她"赫尔加大婶"）和她那离婚后回到娘家的老闺女。房东只收留了连我在内四个大学生，在底楼开了一间日用杂货铺。

赫尔加大婶一头灰发，褐色眼睛，脸颊肉乎乎的。她完全不干涉寄宿者的生活，对于我这个来自日本的留学生，也没有表现出一丝一毫的好奇。老实说，我求之不得。我还拥有两项特权：其一，一周能用上一次房东的浴缸，其二，获准使用房东的厨房。

起初，房东拒绝了我用浴缸泡澡的要求：

"走五分钟就到澡堂了。去那儿洗。"

"哪怕是洗一次也行啊。"

"不行。再说了，研究所里有浴室吧。"

研究所的确有浴室。初来乍到时，我发现那儿总有热水可用，便每天去泡澡，结果遭到护士长呵斥，说除非是特殊情况，只有每周六才能使用。

"像你这样成天把泡澡挂在嘴边的人，我还是第一次见。"赫尔加大婶说。

"日本人习惯每天泡澡。"我的话带些夸张。

"你去澡堂吧。房客不能用浴缸，这是我们家的规矩。"

过了一阵，大婶的闺女患了伤风，高烧不退。我把从日本带来的药品给她，服用后转眼就退烧了。从那以后，赫尔加大婶便准许我一周用一次她家的浴缸。

今天不是泡澡的日子。我先去地下室，从墙角的箱子里取出一些我专用的煤块，带往四楼的房间。我揭开小小煤炉下边的盖子，点着旧报纸和小木片，总算是引燃了煤块。这种行为总是伴随着忧郁——尤其是封冻的冬日，煤块迟迟点不着的时候。

我随后去了澡堂。这家店以诗人乌兰德冠名，蒂宾根仅此一家澡堂。我在账台买了浴票，淋浴耗资五十芬尼，大池泡澡一马克。除了夏季，我几乎每次都是来泡澡。

往下走一层，一位长相酷似鸡的尖脸老太婆为我打开洗浴房的门。我平均每周来这里两次，按理说是熟得不能再熟，老太婆却总是爱答不理的，冷淡得很。我的态度和她是一样的。

洗浴房五平方米大小，墙上砌着瓷砖，镜子一面，椅子一张，洁净却了无生趣。我拧开水龙头，在椅子上脱去衣服，望着镜子里的裸体，觉得自己又瘦了。话说回来，我大体上就是这个体型，所以可能是心理作用吧。

有时候，我会回想起以前母亲房间里的那面大镜子。在年少的我的心目中，它总是板着脸，仔细打量房间的陈设和走进房间的人物。相形之下，这间狭小浴室的镜子就像数学方程式一般枯燥无味，就只是一块玻璃。不过在我疲劳的时候，在我阴郁忧闷的时候，它便格外鲜明地勾勒出我的形象。

毛巾和肥皂是我从住处带来的，除此之外还有两三件打底衣物。我习惯在泡澡的时候洗衣服。德国人把肥皂塞进小袋里擦洗身体，我则是在内衣裤上涂满肥皂，用它们来擦身。

浴室的使用时间规定是三十分钟。我既泡澡又洗衣，时间吃紧，悠闲地泡个舒坦是做不到的。即便如此，当我把脑袋搁在浴池边仰面朝天，有时也会想起二战结束时的那个混乱年代——我那时上高中，住校生一个月只能泡上三次澡。现在算是幸福的。

今天的我，没有感受到丝毫的安详闲适。浴池中，我的思绪被一种指向将来的不安所牵引。深思良久，恍然回神，我匆忙离开浴池，站在镜前擦拭身体，视线掠过镜面——三十一岁的镜中人，比入浴前更加憔悴、疲惫和阴沉。

先吃顿饱饭再说。热气腾腾的白米饭……

我像个傻子似的思考着，就好像吃饭是唯一的，也是最好的解决办法。

都说留学生至少会抑郁上一回，我却时常受到抑郁情绪的侵扰，情况最坏是来德国一年多的时候。我对将来彻底绝望，甚至想到了死。我求助于德国同事，服药治疗。

回到住处时，厨房已经整理干净了。我把米放进大锅里，以手指测量深浅后加水，点燃煤气。之后我走到地下室二层（这间奇妙地窖我迟早会详细写一写的），取来自备的鸡蛋和盛在塑料袋里的生乌贼肉。乌贼在附近斯图加特的超市有售，来德国打工的意大利劳工爱吃。昨天一位日本留学生去了斯图加特，我托他带回四条细小的乌贼，今天放进小锅红烧了吃。

起初劲头很足，不知怎的，忽然泄了气，心里空落落的。这种失落感常在夜晚造访我，最近，就连白天在研究所工作期间，也会蓦然袭来。

我机械地张罗起晚饭，就像是受人摆布的提线木偶。米饭总算熟了，红烧乌贼也做好了，把它们带回四楼房间，揭开锅盖，期待已久的蒸汽扑面而来。因为没有花时间好好焖一焖，米饭不够松软，气味倒跟偶尔尝到的日本米饭相似。在德国这边，这种圆粒米不受待见，属于最劣等的米。

我把米饭盛进特地从日本带来的饭碗里，浇上生鸡蛋和酱油，搅拌后大口咽下。三碗下肚，再来一碗。红烧乌贼只有酱油的味道，咸得很。我没嚼几口就囫囵吞下，仿佛这么做能弥补内心的空虚。

"简直跟饿死鬼一样。"我缓了缓，心想，"跟刚打完仗闹饥荒那会儿没什么两样。"

说到鸡蛋，毫不关心房客的赫尔加大婶得知我吃生鸡蛋时，着实吃惊不小：

"哎呀，真是生吃吗？不觉得恶心？"

我回答说，有一半日本人爱吃生鸡蛋。大婶便说：

"难怪日本人这么能生娃。"

吃撑了。先前一直折磨我的焦虑感散去,但那份深深扎根在自闭的我心底的孤独(恐怕会伴随我一辈子吧),却一点点地渗出意识表面。

说到孤独,回想起来,从我的高中时代——不对,是从孩提时代起,便与我如影随形。有时它是肃杀的,戕得我嗓子疼;有时是甜美的,是一种年轻人特有的孤独。

"人为何讲述回忆?"

很久以前,我在记录灵感的册子上写下这句话。

这时,一个女童的声音在我的耳边复苏。

"知道我画的什么吗?"我说。

同时,我把自己半是无意识地用油画棒涂抹而成的画作给她看。少女顿了顿脑袋,用一种没有起伏的口吻一字一顿地答道:

"幽……灵……"

她的回答令我产生意味深长的错觉。我追问道:

"你怎么知道这是幽灵呢?"

"梦里见过。"

"怕吗?"

"我不怕。妈妈告诉我不可怕的。"

"你梦见的幽灵是什么呢?长什么样?"

少女说不知道。随后她添上一句:

"世界上没有幽灵的,人的头脑里才有。"

我没说话。少女继续说:

"妈妈说的,幽灵只住在可怜人的脑袋里。"

她咯咯笑了起来,就像是有人在挠痒痒。

"我也会梦见幽灵的。"

"是吗?"

少女瞪大了那双圆溜溜的眼睛望着我。虹膜泛着蓝色调,眼神流露出同情。

那时,我借宿在一户人家里,女主人是我父母的故交,他们是在德国相识的。之后不久,我在枪岳度过一个冰冷彻骨的夜晚,其间我清楚地意识到,一直纠缠我的幽灵,是年幼时便离我而去的母亲的幻影。

我想起那一晚的景色。群山绵延,星汉灿烂,多么庄严。在那里,我做起了梦——流传在古老神话中的最朴素、最具根本性的"创世":最初,只有"混沌"存在,"混沌"生出"大地"和"夜","夜"的卵里孵出了"爱"。古老梦境的深处,埋没的记忆里,我深信自己亲眼看见了创世的一幕。

次日清晨,我离开枪岳的山间小屋,朝山下走去，头脑被一个念头牢牢占据：回到人们居住的凡间去，说不定，在某时某地，我会邂逅其中一位屡屡撩拨我心弦的少女。

十多年过去，实事求是地说，我如愿以偿。我的梦想得以实现，此后又经历了不计其数的欢乐和痛苦，如今已然是历史，不复存在。

我收拾好餐具，漫不经心地环顾四周。这里是小楼的阁楼，因此有一半天花板是倾斜的，两扇百叶窗，小小的书桌上摆着一些书。这儿比我一年前住的地方要宽敞些，仍是寒舍一间，月租金六十马克。

来德国留学不到一年的时间里，我做任何事情都特别起劲，所有的一切对我来说都是刺激，说得夸张些，我觉得自己成天处于惊心动魄的冒险当中，生活充满了激情，心中充满了好奇，心思是指向外界的。一年过去，我也习惯了异国他乡的生活，思绪又转向了自己的内心，原本内敛的性格朝着坏的方向发展，愈演愈烈。我甚至动了轻生的念头。

最灰暗的日子已经过去，我最近又遭遇了新的困境，就像撞上一堵不透明的大墙。困境之一，便是我所从事的研究所的工作。

我原本是日本某大学附属医院神经科的助手医

师，来德国留学也非通过德国学术交流中心（DAAD）或洪堡基金。出于机缘巧合，我协助一位曾留学德国的教员，一直从事"笔压计"的实验。蒂宾根神经研究所的一位副教授读了我的论文，认为我的工作和他的研究相契合，便以交换助手的形式将我召至德国。说到笔压计，那是蒂宾根神经研究所老教授克雷奇默的发明，用它写字，就能生成脑电图一样的波形，正常人和神经衰弱患者的图形是有差异的，有助于诊断。

不料我来到蒂宾根后，领受的课题是比较正常人和精神分裂症患者的波形。不到一年，我便开始怀疑：这项研究莫非毫无意义？疑心与日俱增，根据既往的数据，这项研究显然是徒劳的。对此尽管我申诉多次，指导我的副教授就是不给其他课题。我对德国人的顽固是早有耳闻，没想到竟如此顽固，这回算是见识了。我还知道这样一个例子：医学界早已判明青霉素对小儿麻痹症无效，仍然有医生被勒令向患者继续投药五年。

一场不可能有答案的研究，意义何在？

我苦笑了。白天抱着苍凉的心境去研究所上班，晚上回到这间肃杀的小屋，反刍压抑的思绪——这样的日子何时才是尽头？待在这里，久久坐在这张嘎吱作响的床上，到底是为了什么？

我来德国，自然是来治学的。此外还有一个不可告人的重大理由：为了和一个女人彻底分手。

小伦。伦子。如今你在哪里？在做什么？

——终于把这个名字写出来了。独处时，我常把这个名字挂在嘴边，就像念咒。但我将来是绝不会给她写信的，因为这是我和她之间的约定。漫长的苦恋走到了尽头，之所以突然决定来德国，可以说是因为我和她必然会分手。而我们的分手，必须要两人相隔重洋才能实现。

可是啊，伦子，你却一路跟随我，甚至船过了马尼拉，你还在我身边——她并没有随船同行。在我乘上"柬埔寨号"从横滨港出发的前一天，我与她最后相拥。伦子，你在我的胸口下重重地吸了一口，留下一块红斑。船途经香港，驶向马尼拉，这块红斑也还在。

且说船到香港时，所见所闻令我大吃一惊。我住在四等客舱，六人一间，饭是在上甲板下一处类似仓库的大房间里吃的。这里还堆着救生艇的桨、绳索和床单。端着铁饭盆排队，连汤带肉和豆子一股脑儿倒进来，粗鄙恶劣，美其名曰"自助餐"，更像是劳工挤在窝棚里进食。刷着油漆的轮船内部构件一览无余，我甚至怀疑自己是不是在蹲大狱。

本以为自己所在的船室是最下等的，不料还有更差的。船停香港时，外出谋生的当地人一拥而上，盘踞其中。他们被当作货物来对待——掀开货仓的帘子，一股混着蒜臭和汗臭的气味喷薄而出，令人窒息。

离开香港，"柬埔寨号"先后停靠在了马尼拉、西贡和新加坡。停泊西贡期间，许多法国军人、东南亚人（有些人的脸都溃烂了）登船，船舱顿时挤满了人。他们光脚走来走去，说是法国军人，不过是最低级的小兵小卒。这一幕让人联想起高尔基的戏剧《底层》。

船上没法泡澡，只能淋浴。淋浴时我看着自己的胸口，那儿有伦子留给我的唯一一份纪念品。红斑渐渐淡去，在从马尼拉到西贡的途中，它就像船头激起的飞沫，消失得无影无踪……

夜深了，这个离冬季已经不远的小城万籁俱寂。即便是在家中，发出声响也属禁忌，所以德国人别说泡澡，深夜时分就连如厕也不冲水。这里的冬季，白天阳光黯淡,娱乐活动也少,学生们没什么可干的,只得一心学习。

否则就去位于内卡河桥头的一家名叫"埃米尔大婶"的酒馆。晚上11点宵禁前,大家弹着吉他一起歌唱,我初到蒂宾根时,当地流行一首名叫 *O Mein Papa*(《哦!我的爸爸》)的歌曲,由卡特琳娜·瓦伦特演绎,十分活泼阳光。现在的店主"埃米尔大婶"是第二代,据说第一代店主很有名,如今这位精瘦的店主是半老徐娘,喝醉了就和学生们一道唱歌。酒馆的墙上满是涂鸦,瓶装啤酒一瓶五十芬尼,完全是自助式的,学生们拎起啤酒瓶就喝,喝完把钱搁在同样满是涂鸦的矮桌上。埃米尔大婶腰缠收钱的大腰包,活像公共汽车的售票员。

其实,我早在半年前便不再出入此类喧闹的场所了——准确地说,是刻意回避。

我将窗户打开一道口子,清冷的夜晚空气溜进室内。户外的夜色,室内的黑暗(尽管我点了灯),都扩大了它们的领地,变得深不知底。

学问上的停滞,也可以认为是人生的停滞。初到蒂宾根时,我见到大学校园的女神像上有这样的铭文,感动不已。

我是梦　人类尚未出现的行为　从我心中升腾　在光芒中出现

　　我是美　不追求智慧花环的人　我不理也不睬

多么美的文字，升华年轻人的精神世界。现如今，我觉得自己与它渐行渐远。

"孤儿？"我喃喃自语。

我的父母、我的姐姐，先后在我的童年、少年时离开人世。此后我过继给经营外科医院的伯父（父亲兄弟多，负责照看我的老阿婆管他叫"大伯父"）。那是大户人家，我生活在堂姐和堂兄中间，不觉得自己是孤儿，但随着年龄增长，我变得多愁善感。

回想我到达德国前在巴黎度过的三个晚上，住的是环境恶劣的客栈。十有八九是那种情人旅馆。半夜时分，常有烂醉的男女大声嚷嚷着进来，妨碍我的睡眠。

即便如此，我去了卢浮宫和吉维尼印象派博物馆，还去了珍藏着深受里尔克喜爱的独角兽挂毯的克吕尼博物馆。夜里，我徘徊于当时仍显萧瑟的于榭特街，就像周身的青年男女那样，一边走路，一边啃食夹肉的圆形三明治。

白天，我在卢森堡公园消磨了不少时光。时值金秋，七叶树的叶子变了颜色，茶褐色的落叶发出嚓擦的脆响。天气难得晴好，池畔的草坪上种植着或红或黄或紫的花朵，在我这个孤僻的人看来，它们是那么鲜艳，就像是来错了季节。鸽子在我跟前走过，麻雀也毫不怕人，来到我的脚边，啄地面上的东西。远处，花匠劳作，把夏季的花草换成秋季的品种。

周围的椅子上，坐满了享受此番良辰美景的人们。每个人都在度过悠闲惬意的时光。在这个轻松闲适、色彩缤纷的公园里，不知怎的，我再次深深感受到自己是个孤儿……对了，伦子，你我已是天各一方了。

之后我所体验到的蒂宾根的严寒，将我的感伤情绪一扫而空——实在是太冷了。

说来也巧，刚来德国的那年冬天，是当地多年不遇的极寒天气。一连好几天，最低气温零下二十来度。内卡河封冻，举目是溜冰的人。外出时，滑雪帽是必备之物。若是光着脑袋，耳垂就像被针扎一般疼痛。我也经历过信州的严冬，和这里的冬天相比，简直就是小儿科。

那年寒假,我去法兰克福办事,顺便去荷兰和比利时旅行。乘几个钟头的火车便到达边境,感觉欧洲的一些地区非常小。大城市我住青年旅舍,小城镇就住民宿或客栈,花不了几个钱。

阿姆斯特丹。这里家家户户都安装了飘窗,玻璃蒙尘,色泽暗淡。街道上,房屋顶,都覆盖着薄薄一层雪。自行车不少,成群结队驶过雪白的街头。我横渡若干条封冻的运河,到达国立美术馆,这才发觉自己的气息是那么白。在纪念品商店,我见到五彩缤纷的郁金香花田的明信片。明信片上的明媚风光,几时才会降临这个雾蒙蒙的国度呢?我对此表示怀疑。饱览伦勃朗的画作后返回,一路数着运河返回车站,见有小摊售卖醋泡鲱鱼。当地人都捏住鱼尾巴一口吞下,我效仿之,酸溜溜的口味令人寒意倍增。

鹿特丹的雪更厚,雾也更浓。进入比利时境内,语言忽然不通了。我在安特卫普总算是邂逅了淡薄的日光。信步走在大街上,来到圣母堂前的广场。每一张长椅上,都挤满了穿得鼓鼓囊囊的老年人。他们几乎一动也不动,享受着极少有机会享受的日光浴。尽管日光微弱,瞧他们不放过一缕阳光的模样,仿佛它是上苍无上的恩宠。寒冬时节的北欧人无不如此。他们悠闲自在，毫不在意时间流逝，反倒是一旁观察的我，常有一种局促感，惶惶不安。

回到车站，一侧的枯黄草坪上停着无数海鸥。它们在草坪上休息时，整片草坪就像被染白了。有时它们会飞起来，悄无声息地在日光熹微的空中滑翔盘旋，宛如童话中的一幕。

晃过神来，发觉前方站着一位老人，从纸袋里掏出饵料投喂海鸥。看他一身寒酸的打扮，大衣相当老旧，表情却那么心满意足。我朝他走去，老人看到我，方才的和颜悦色顿时消失，取而代之的是一脸拒人于千里之外的不悦，可能是我贸然践踏了他的美妙时光吧。

我当即决定离开这里，心想：

"我呀，其实是你的同类。"

说到这里，我想起一件事。在阿姆斯特丹，我向一位路过的男子询问国立美术馆的所在地，该男子操着一口清晰的德语：

"日本人？"

紧接着加了一句："我的弟弟就是被日军杀害的。"

说完头也不回地扬长而去。

话说我来德国的航程途中,没有在马尼拉下船登陆,原因是当地人普遍仇日。其实,我自己也在这场战争中失去了两位亲人。但是现在——准确地说是战争结束后不久,先前的那种同仇敌忾就消失了。日本人把这方面看得很淡,是美德还是缺心眼?不好说。不过说实话,每每遇到立场坚定的仇日者(虽然极少遇见),我都会极为苦恼。

眼下,我坐在蒂宾根的一处阁楼里,被另一种忧郁的情绪折磨。我本无行医的意愿,真相是伯父苦口婆心地劝我走上了这条路。他的医院毁于战火,战后重建。

想起来,那位我从高中读到大学,令我由衷赞叹的吕贝克作家,他的作品已经深深地扎根在心,我写起稚拙的诗,创作类似小说的文章,一如托尼奥·克勒格尔战战兢兢地创作幼稚而充满伤感的作品。从高中末期开始,我热衷于写作,几乎贯穿整个大学时代。然而,这些作品并非我的觉醒之作,不过是自我陶醉罢了,自然没有佳作问世。

一种食物浮现脑海,令我哭笑不得。当时,日本战败已成往事,但东京新宿车站西口附近那一长溜寒酸破败的小吃摊还在卖那种让人摸不着头脑的食物——"浓汤",实际上是将占领军吃剩的残羹冷炙乱炖而成,没人知道当中到底有什么。我的作品,就像是这种"浓汤"。

又回想起当时的酒。当时的酒以烧酒为主。战争刚结束时,有一种叫"炸弹"的劣质烧酒。即便是品质稍好的廉价烧酒,气味也很刺鼻,喝时得捏住鼻子。用廉价葡萄酒勾兑以除味,就叫"梅兑酒"。点一份烧酒,店主便往盛在小碟上的酒杯中斟酒,这种气味刺鼻的液体若溢出酒杯流进小碟子,那就是店主请的客。顾客先抿碟中恩惠,再饮杯中琼浆。

我上大学后一段时间,大家都喝上清酒和啤酒了,但新宿车站西口那些小吃摊式的食肆依然门庭若市。就连东口那边,也冒出几十家,排成一溜。就在这些顶多只能坐下五六个人的狭小店堂内,战后崭露头角的作家们喝酒、吵架、呕吐,衣着打扮邋邋遢遢,言行举止"成何体统"。不绝于耳的呕吐声没有掩盖他们的光彩,他们是那么优秀,嘈杂喧闹的环境容不下一丝一毫的宽松余裕,然而这一幕幕贫穷寒酸的风景却孕育着即将降临人间的新事物。如今想来,满心怀念,这又是为何?

我的心理显然在退化。研究遇到瓶颈，我离开日本的动机——企图忘记伦子的心理尝试，同样收效甚微。这时，我的心似乎倾向于——不对，是必然地追索起过去来。

过去，意味着离我远去，彻底消失了吗？那不就是"无"吗？不是的，我在二十来岁的时候发掘了过去。和那时的心境相仿，相较当下在蒂宾根的现实生活，"过去"更加厚重，更加真切，它将我包裹住，一点一滴地渗入内心深处。

今天，蒂宾根迎来了久违的好天气。大学城的上空，澄澈蓝天伸展无垠，昏沉的头脑也随之清朗起来，我还真是挺势利眼的。我在研究所的食堂吃完饭（将想吃的东西提前一天写在饭票上丢进箱子里。午饭提供热食，晚餐以香肠等冷餐为主，只需一马克）。这里的午休时间有一个半到两个小时，所以我决定去内卡河的江心小岛上散散步。

当天是礼拜天，我看见不少放学的小学生。背着皮质书包的小女孩将手上的面包揪下一小块，塞进朋友的小嘴里。还遇见了一对非常要好的朋友，她俩围着一条围巾。眼前所见带给我莫大的舒适与安宁，重温阔别已久的闲适心境。

在一处小广场,男孩子们踢球玩。有的时候,孩子们的欢声笑语反倒会令我情绪低落。但眼下,我还是极其自然地微笑了。随后拐过街角,走下一段常走的狭窄石阶,下面就是内卡河,还有已成为景点的荷尔德林塔楼。

狭窄坡道的中途,遇见一位身穿厚实黑大衣的老人。他拄着拐杖,拖着一条带伤病的腿,艰难地一步一步往上走。我见状,背靠墙侧身给他让路,并且致以问候:

"您还好吧?需要帮忙吗?"

这声问候让我自己也觉得意外,想必当时的情绪是平和安定的。这很难得。

"没关系的。走了十来年的老路。谢谢你。"

"您保重。"

我甚至说出了这句话。

且说来蒂宾根之后,我发现当地有相当多的老头老太腿脚不灵便,恐怕是患有风湿病或痛风。我甚至由此联想到衰老的欧洲。

下了石阶,右手边便是荷尔德林塔楼。它是一座拥有圆柱形塔的小楼,涂成淡淡的黄色。

荷尔德林，一位伟大的德国诗人。其作品《许佩利翁》格调清高，笔力雄浑，富于韵律感。尽管我的德语水平实在有限，但每每拜读，都会联想到古希腊时期的文学。据说荷尔德林在三十岁后几次患上精神分裂症，在蒂宾根接受治疗。之后委身于这幢昏暗的小楼，在此度过他三十六年余生。荷尔德林塔如今是纪念馆，但展品并不多。

塔楼前有高大的柳树，隔着低矮的石墙，内卡河静静流淌。阳光灿烂的季节，石墙上坐满了大学生，不少人划着长长的小艇游河。现如今，这些船都搁浅在岸边，由缆绳拴住，更无游客来此地享受阳光，冷冷清清。河水呈微微浑浊的青绿色，河岸树木倒映水中。荷尔德林塔岿然而立，我走过去看，门口贴了告示："因天气恶劣，今日闭馆。"今天的天气并不恶劣，想必是因为冬季将至，游客极少而闭馆的。

沿着河边的窄路一直走到桥边。途中经过民宅前院，见男子翻耕土地，小男孩在一旁帮忙捡拾石块，半是玩耍半是劳动。这里的家家户户都在自家院子里精心培育花朵，种花的人也爱在窗台边放几盆鲜花，即便是现在这个季节，花店依然是五彩缤纷的。

下了桥，来到将内卡河一分为二的江心小岛。这里是极好的散步场所，只不过今天空无一人。粗大的悬铃木夹道种植，排出好远。地面被落叶盖得严严实实，落叶没有干透，踩上去发出不甚明快的脆响。

我在落叶上走了一阵，在一张长椅上坐下了。不久，一位裹着毛皮大衣的女士牵着黑色长毛狗走来，解开狗链。忽然，一只褐色的小小的斗牛犬出现，扑向长毛狗，要和它嬉闹玩耍。两条狗汪汪叫着，相互追逐跑远了。女士呼唤狗的名字（没听清她喊的是什么），明白这是徒劳时，脸上现出无奈的苦笑。

不知不觉，我的心中也绽放了笑容。一方面是被狗儿的行为逗乐了，另一方面——可以说这才是主因——昨天我收到一份寄到研究所的邮件，内容是一封信和一本杂志。我写的东西总算登上了这本颇有些历史的杂志，信上说，我的作品在杂志社内部获得好评，将在近期刊登我的另一部短篇小说，还问我有没有意向创作篇幅更长的作品。

我来德国后没写过一篇小说。其一是想早日在医学上有所建树，其二是异国他乡的生活给不了我写作所需的安定感，无法保证效率。但在上大学期间，我写了不少东西（前面也说过，都是不登大雅之堂的习作），后来也在同人杂志发表了。三四年后，声望更高的同人杂志也登了我的作品。我甚至曾经接到专业文学杂志的约稿（尽管最终落选）。

离开日本前，我在他们杂志社存了两部短篇。当时新人想要在文坛上崭露头角并非易事，我自觉这两篇送上门去的稿子将来成为铅字的可能性微乎其微，不曾想两年后，它们竟然要与公众见面，也不明白是什么道理。恐怕是杂志社的约稿未能如约完成，便用我的作品来救场。也罢，横竖是件好事，也算是个机遇吧。

忽然间，父亲书房里飞扬跋扈的海量藏书浮现脑海。说起来，小时候我就想象自己变成一本书，躲在书架的角落，免得被人翻阅："如果我是一本书，颜色得是这样的，装帧得是那样的……"

谈谈写作吧。哪怕是写一篇小文，也要假想读这篇文章的人。相比我一直敬畏有加的吕贝克作家，我的精神毫无格局可言。其精美致密、无懈可击的文体，我不能模仿其万一。我以往的作品，充其量是我那羸弱的神经在颤抖。

尽管如此，过去某一晚的夜半时分，我会搁下笔，做白日梦：整个日本，精神世界与我相似的人有两三千吧。这些人当中的十分之一，或是二十分之一，或许会在将来的某时某地邂逅我的作品，成为我的读者。一想到自己已经迈出了第一步，心里顿时乐开了花，像个傻孩子。

可以预料，我的行医之路是一条自由敞阔的康庄大道。伯父立下宏愿，要借助家族中各位医生的力量，成立一所综合性医院。他对专攻精神医学的我说，可以专门为我开设一个"精神身体医学"部门，而留在大学附属医院的医研室当学者也是不错的出路。

总之我已经打定主意，选择一条时间充裕的道路，按照自己的方式一直写下去。哪怕是短小的文章也没关系。若一年当中能发表一两部小说，或许有一天我也能出版单行本（尽管现实可能与我最初的设想相去甚远）。

吕贝克作家在他的作品中讽刺了这种生活：相比健全的市民，这种生活很不体面，就像是驾驭绿色马车迷了路的吉卜赛人——这次我是认真的，我下决心过这种生活了。这个念头令我恐惧，令我恍惚，我胡乱踢飞脚下黄透了的落叶，企图甩掉这份孩子气的情绪。

就在这时，方才嬉戏打闹着远去的两条狗跑回来了。我的目光追随它们，女士迫不及待地站起身，想拴住她的小黑狗。可小狗似乎还没玩够，几次从它主人的手下钻过。女士面有难色，她朝我看的时候苦笑了一下，我回以微笑，极其自然的微笑。

伦子，我遇见你是多少年前的事情？四年？不，得有五年了吧。

邂逅，任何时候都是神奇的，始于一些微不足道的事情。

那一年，我进入大学附属医院神经科的医研室工作。如今身处异国他乡，大学医院那老旧的病房、杂乱不堪的值班室依然历历在目。值班原则上是一个人，但为了照顾刚入职的新人，一位老员工会陪同值班，直到他们习惯这里的工作环境，时间一般是半年。值班室只有两张床，有时会迎来一到三个不速之客——家住得远在研究室工作到深夜的人、在外买醉到深夜以至于错过末班车的人。吱呀作响的两张铁床并不宽敞，却经常要容纳五个大男人并排躺下。医研室的值班制度可谓完善，但这间又脏又乱的值班室作为医生休息的场所，实在太不合适。举例来讲，早晨在洗漱台洗脸是一件风险极高的事情。医研室的厕所位于病房尽头，离值班室很远。个别品行不端者，会在洗漱台解决内急。

有一天轮到我值班。九点左右查房完毕，这时接到一个电话，原来是堂姐（她比我年长三岁，早已嫁作人妇）。她早年热衷于少女歌剧，抽屉里塞满了少女歌剧的杂志。我曾不自觉地将其中一页上我所心仪的少女头像剪下，夹在日记本中珍藏许久。

"你会治荨麻疹吗？"电话那头的堂姐听见我接了电话，劈头盖脸地抛来问题。

"这个嘛。如果是普通的荨麻疹……"

"你们医院有药吧？"

"抗组胺的注射液应该是有的。"

"那你出诊呗。我朋友犯病了，可严重呢。"

"你不会去找别的医生吗？"我有点生气，"我值班。"

"能不能找个人顶一下？"

找人顶替不难，当晚有四位大夫同床共枕，其中一个是新人，我的同事。而我懒得推脱，接受了堂姐的请求，前去出诊。目的地在参宫桥附近，打车去的话不消十分钟就到了。

我在堂姐告诉我的地址下了车，走了一段上坡路，便看见了此行的目的地——高大石墙的后面，一幢极大的西洋式建筑。要不是它没有高塔，不然我简直要把它当成教堂了。楼宇一侧的窗内亮着灯，其余的部分黑魆魆、静悄悄的——内门不远处还有一座日式小屋，那里也亮着灯。

我按响门铃，许久才有人来应门。除了堂姐，还有一位身材娇小的女性，两人并排站在我眼前。"堂姐的朋友还挺年轻啊。"我心想。当时她背对灯光，我没看清她的长相。

"你总算是来了。"堂姐开始介绍，"这是我堂弟小达。这位是小伦。我说小达，你倒是赶紧给她瞧瞧。她快痒死了。"

"大半夜的，对不住了。"

这个叫"小伦"的女子开了腔。语气十分客气有礼，吐字有些含糊，就像被夜晚的空气吸收了似的。

走过长长的走廊，来到亮着灯的客厅。摆设颇为简陋，和住宅堂皇的外观很不相称。椅子和桌子都相当老旧，似乎很久没有人用过。桌上摆着许多果汁和啤酒的空瓶，单凭堂姐和她两人，是断然喝不了这么多的。

"刚才搞聚会来着。别说这么多了，你赶紧给小伦瞧瞧荨麻疹呗。"

堂姐催促我。她个性开朗,有些轻薄。我走近坐在椅子上的女子,检查她的胳膊,不经意瞥了一眼。一瞬间,那几张少男少女的面孔——从蒙童时代到青春期,莫名地吸引我的几张脸——从记忆深处梦幻般地复苏了。我从少女歌剧杂志上剪下的那帧肖像,不也是半边脸欢愉,半边脸严肃且忧郁的吗?

眼前的这位女士,她稚气尚存的脸,和我剪下的那帧肖像一样,一侧脸阴沉闭塞,略带哀愁。我忽然懵懵懂懂,之后慌了神,把目光转向她的胳膊——多么纤细,多么柔弱,毫无肌肉的张力,任由我摆布。她的胳膊上处处有红肿,谨慎起见,我在她尚无症状的皮肤上施加刺激,很快发了疹子。

"好像是荨麻疹。"我有些不自在,"这里内侧的疹子不是吧?"

"嗯,是湿疹,已经是慢性的了。"

"这个超出了我的专业范围。不是很明确。"我给她注射了抗组胺剂。

"谢谢您。"她依然用一种过度礼貌的语调,吐字有些含糊。

"小伦好像没什么精神呢。"堂姐有点拿她开玩笑的意思,"实话告诉你,小伦可是个人来疯呢。"

堂姐有些醉了。我是个生人,而且任务已经完成,接下来没我什么事了,堂姐却下令我喝她们喝剩的啤酒,一个人唱着独角戏。我倒是因此大致了解了这户人家以及"她"——也就是伦子的一些情况。

这所偌大的宅子目前是空置的,从眼下所在的房间的另一扇门向外望去,是一个六七十平方米大小的大厅。屋主的妻子是伦子的堂姐,没有子女,说是住偌大的屋子不划算,就住在方才所见的内门一侧的日式小屋里。伦子是我堂姐的学妹,虽然年纪相差好几岁,但因为同属滑雪俱乐部,至今仍然有来往。办聚会的时候,就借这所空房子用。

"今天是什么聚会?"我问道。

"以前从小学到女校的那帮小姐妹呀,跳跳舞。全是女人果然没劲,聊着聊着就开始埋怨自家老公了。"堂姐还在说个不停。

就这样,我被迫知道了一个事实:伦子是人妻。顿时心生醋意,嫉妒起她的老公来。这种感觉缘何而来?是因为她的面容、纤细的体态,无一处不与我心目中的理想形象吻合。这番描述或许只是徒劳,若是让别人来品评,她的脸太长了,苗条的身材过于瘦弱，其余还有不少缺点。然而在我眼里，她美得不可方物，可爱得无以复加。

她身上最显著的特征，是那双温润的乌瞳。它们令伦子稚气尚存的细长脸蛋时而显得越发稚气，时而却又显得相当成熟。

"哎哟哟，瞧我，都成话痨了。"堂姐说，"对了伦子，你的荨麻疹怎么样了？"

"好多了。不太痒了。"伦子说，"就是肿还没消。"

"要不这样。既然小达都来了，就再跳上两三支曲子，然后结束，怎么样？"

堂姐表现得就像是这户人家的女主人，走到墙角，在一个相当老旧的留声机上摆上唱片。

小时候，我和堂姐、堂兄学大人跳舞。我表现得十分笨拙，和他俩不合拍。但上了大学后，跳舞蔚然成风，舞厅、舞蹈培训班等如雨后春笋一般涌现，我受朋友之邀，也去参加培训。说实话，我跳得不怎么好（吕贝克作家的自传性作品《托尼奥·克勒格尔》主人公——少年托尼奥，大概就这水平吧），但总算能撑下场面。

我分别和堂姐、伦子跳了三支曲子。伦子的舞技很一般，令我松一口气。舞技高超者，能很快跟上我的舞步，也能很快适应变奏。伦子完全不行。但她的身体柔软，没有肌肉的紧绷感，只是顺从地跟随着我的舞步。每每出现失误，便低声说"对不起""很抱歉"——尽管有时迈错步子的不是她。

跳舞期间，伦子仍旧是一副沉静的神色，眼含寂寞，有时甚至没有表情。我几次怀疑，她并不享受这段时光，希望它快点过去。

所幸堂姐开了腔："时候不早了，回去吧。"

堂姐和我向伦子告了别，来到大路上，叫了计程车，先送我去医院，随后她独自回家。

我走进医院。静悄悄的走廊上，羞耻感突如其来，令我十分不安。少年时，我曾体验过数次令我不知所措的羞耻感，然而眼下，这种感觉比以往要明确得多。

堂姐说她就读女校五年级时伦子才入学，这么说伦子应该比我小两岁——走在昏暗的楼梯上，忽然意识到自己竟在不自觉地计算她的年龄，立刻羞红了脸。

值班室在二楼。进房一看，两张床已经挤满了人，四个医生在休息。其中一人尚未睡熟，帮助我挪动其他三人,为我腾出一席之地。这一席之地过于狭小,有坠床之虞,以至于难以入眠。我咋舌,努力要睡着,脑子里却有一个白痴般的念想肆意流转:

"年纪比我小的有夫之妇,可真不赖啊——"

之所以会这么想,是因为过去和我有过某种关系的两位女性,年纪都比我大得多。或许是生性内向的我,正处于容易招引那种女人的年龄段。这两段关系都发生在大学时代,令我坠入这种关系的并非爱情,而是单纯的对性的好奇。

第一次邂逅,发生在与伯父全家去山中避暑期间。二战前,别墅是一户人家的不动产,很少易主。那场战争极大地改变了许多人的经济状况。

伯父家别墅周围的住户,我是熟悉的(尽管可能没打过交道)。战争结束后第四年,我重访这所十分熟悉但变得又破又旧的别墅(前三年伯父忙于战后重建,没闲工夫度假),发现四周的住户几乎换了新面孔,不少已经改建成旅馆,还有的用作公司宿舍。

我们左手边的邻居原本是某航运公司的船长一家,如今门外的姓氏牌已经写上了别人的名字。屋主是个严重谢顶的中年男子,他的妻子大约要比他年轻二十岁,标致得很。两人没孩子。这位太太曾经来我们家拜访过，笑谈许久。单说她的笑，就相当有挑逗的意味。她竟然笑着对我说了这样的话：

"我老公不在家，没劲得很。请你随时来玩。"

后来，她的态度显然是在勾引我。她隔着院墙和我打招呼，邀请我去她家喝茶。其间她的只言片语、一举一动都充满了暧昧。

有一天，当地举办远近闻名的纳凉庙会。白天，登山电车车站附近搭了简易舞台，上演颇有看头的戏剧，还有任何人均可参加的草根相扑赛。夜晚烟花腾空，大家环绕高高的瞭望台跳起盂兰盆舞，附近有专业的艺人登台亮相。

入夜，伯父家几人外出游玩，邻家的年轻太太与我们同行。一行人在人潮中边走边看，等我回过神来时，身边同伴只有她一人了。

"我们回去吧？莫非你喜欢听这种歌？"她说。

说实话，我已经很腻了。我说：

"可是，其他人还……"

"没关系的。你又不是小孩子，大家不会担心你的。难不成，你还是童子身？"

我顿时有些不悦，摇了摇头。回别墅必须经过一段难走的石子长坡，走在坡道上，她若无其事地挽住

我的胳膊,说:

"好黑呀,我看不见。"

她得寸进尺了,整个身子紧紧挨在我身上。毫无经验的我顿时不知所措,狼狈不堪。

她用一种娇甜的声音对我说:

"紫阳花的花语,你知道吗?"

"紫阳花?"

"我告诉你吧。"

"……"

"见异思迁。"

她轻声细气地把这个词吐出嘴唇后,立刻发出撩人的媚笑。我一时不知道该如何搭话,心底暗暗自责:"堂堂大学生,怎么就乱了方寸呢?"

她就这么斜斜地依靠着我,一直走到坡顶。走近伯父家门前时,她冒出一句:

"去我家坐坐吧。"

我摇头拒绝了。就在这时,她冷不丁踮起脚后跟,紧紧地抱住了我。下一个瞬间,我的嘴唇便被她的嘴唇盖住了。她那具有黏性的、如同生物一般的嘴唇,在我的嘴唇边摩挲,企图撬开我的嘴。此时此刻,不知怎的,我也不禁搂紧了她的身体,主动索求起她的嘴唇来。随后,两人的舌头纠缠在一起,她的舌头给我一种生物般的感触,令我回味良久。

突然,我猛然回过神来,仿佛被寒冷的空气激醒,一把推开了她。我没听清她说了些什么,自己大概说了告别的话,径直跑进家中。心脏跳得很厉害,我这才觉得自己原来这么胆小。黑暗的夜空中,时不时有华丽的烟花绽开,令我的心脏跳得更快了。我捏起拳头,蹭了蹭嘴唇。

由此可见,受战争的影响,我是个晚熟的青年。此后的几日,我一直刻意回避着她,直到暑假结束。

第二年,我加入一家会员众多的同人杂志,差不多是当中最年轻的,但年龄相仿者还有几位。令我吃惊的是,这两三个人经常去逛新宿二丁目的"红灯区",我也曾受邀前往。又暗又窄的小弄堂两侧,家家户户点着小小的霓虹灯。门前招揽客人的女人们让我联想起水族馆的鱼。最终,我没有勇气像同伴们那样迈进门。

对了,托尼奥·克勒格尔不也长大成人了吗?他背井离乡,随性地迈着步子,一路吹着含糊的口哨,眼望远方。他原本是偏重于精神的,如冰一般寒冷清透,后来不照样纵情于声色犬马,被火热的肉欲玩弄于股掌之间吗？尽管这样的生活，他是打心底厌恶的。

我和那些行为不端的文学青年打交道，渐渐地有了自卑的感觉——只因为自己还未尝过女人的滋味。有了这么一层理由，所以我在某种程度上期待着来年的避暑生活。然而事与愿违，走过去一看，邻家门口的姓氏牌又换了。谢了顶的男主人和妩媚动人的太太都不见了踪影。听人说，男主人是炒股票的，发家致富后投机失败，很快破产。太太比他年轻太多，所以我猜测她是被包养的。

事有巧合。那年冬天，我和那个女人相遇了，简直堪比小说情节。我和比我资历老的医生去新宿的三得利酒吧喝酒。前辈喝得胆壮了，提出来去有陪酒女的酒吧，随后进了一家不熟悉的店，两三个陪酒女过来接待。后来，一名女子经过我们身边时"哎呀"了一声，随即落座，一把握住了我的手：

"你还记得我吧？"

千真万确。她就是那位在山上和我接吻的女性。事后我才知道，她如今是这家店的二把手，不知这段时间她经历了怎样的境遇变迁。

打烊前，她在我耳旁低语：

"今晚要不要来我的公寓？"

灼热的气息直达耳道深处，醉醺醺的我当即点头应承。

那一夜，我第一次尝到女人的滋味。就像上文所说的，这种行为并非源自爱情，而是源于好奇心。片刻的陶醉散去，我的心中只有这样的感慨："原来，性就是这么一回事啊。"当时的我是那么无知，自然无法体会到性爱的玄妙和高深。

即便如此，我还是偶尔去见她（一个月一次）。若问我理由，我只能这么回答：因为尝了禁果的滋味。当时的我，不过是一介助手，没有薪水，就连零花钱都是伯父给的，所以我尽量在临近酒吧打烊的时间溜进去，随后去她的公寓或者附近的廉价旅馆。旅馆简陋至极，隔扇门上只安了搭扣，连隔壁房间的动静都听得一清二楚。

这样的生活大约过了半年，我尝到了屈辱的滋味。我给她的酒吧打电话询问情况，跟往常一样，过了十一点才去那，见她面色阴沉：

"今天有些不方便。"

"怎么了？"

"没什么……对了，你就在老地方等我吧。我晚些去。"

于是我天真地按她说的去做了。我交代旅馆的人给她留门,随后走进那间煞风景的十来平方米大的房间,钻进被子里。苦等良久,她未出现,我生了气,也等得累了,迷迷糊糊地睡着了。

醒来时已近拂晓。我觉得再等下去也不是个办法,也没法向旅馆的人交代,决定动身离开。晨光熹微,行人寥寥。她的公寓距离此地不远,我步行前往,路遇送奶员,牛奶瓶摇晃相击,发出"叮叮当当"的脆响。

我知道她住在公寓一楼的沿街房间。在窗外喊一嗓子,里头应该立刻能听见。我立于窗下,逡巡片刻,采取行动——伸出手,哗啦摇晃几下窗户。不一会,屋内传来一个粗嗓门的男人声音,一个女人随即应和——显然是她的声音。

我扭头就走。要说内心毫无波澜,谁信?

"她果然是被男人包养了。今天她男人来了。这种龌龊的勾当,就是人家求我,我也不干了。"

我边想边走,脚步如飞,差点打趔趄。这又是为什么呢?

就这样和她断了联系。这之后出现在我生活中

的,是一位有些古怪的女性,同样是有夫之妇。同人杂志的死党说:

"告诉你啊,有个女人挺有趣的。她自己也写些低水平的小说,还办了一本专门收女人文章的同人杂志,就是那种吃饱了没事干的阔太太。几种主流的同人杂志她都会读,你去找她玩,还能蹭饭吃呢。"

于是我们几个就去见识见识。死党所言非虚,宅邸宏伟,硕大的车库一旁拴了一头硕大的牧羊犬,客厅也是极尽豪华之能事。

"哎呀,黑田先生,有一段时间没见您了。"

随声音出现的,是一位三十五六岁的少妇。体型微胖,但风韵颇佳。她漫不经心地问候我们。朋友向她介绍我,她是这么回应的:

"哎呀,我知道你。好像是上上期杂志,你写过一篇叫《树海》的短篇小说吧?很出彩。"

我刚想否认,但对方没给我开口的机会,随即批评起最近几期文艺杂志上的小说,说同人杂志的投稿者中能写出那种水平小说的大有人在。话匣子打开,滔滔不绝,口头禅"哎呀"不绝于耳。

吐槽告一段落,她说:"哎呀,冰块不够了",起身走开。我趁机对死党说:

"奇怪了，我可没写过什么《树海》。"

"你管她呢。"死党说，"她一会儿就忘了自己说什么了。她今天心情好，你就随她去。聊得开心，还有苏格兰威士忌喝呢。"

死党又说中了。当时难得一见的洋酒端出来了。

自从那时起，我经常出入她家，有时也在外头见面。这时她会在高档餐厅请我吃饭，或者给我买领带。一段时间后，我和她自然而然地迈进情人旅馆。有时我会想：

"我好像是个体面的小白脸嘛。"

坦白讲，我就是个傍大款的小白脸。这回我倒是没被羞辱，原因说出来挺可笑的：立场和我相似的男青年有三四个。这段关系持续了很久，她始终牢牢把握着分寸：和我们不过是玩玩罢了。有一段时间她频繁约我，不久便不怎么给我打电话了。我也是逐渐厌倦起这段关系，她的态度转变正中我的下怀。

总而言之，我所交往过的女性少得可怜，而且年龄都比我大。所以啊伦子，尽管你是有夫之妇，但"年龄比我小"这个事实本身，已经堪称奇迹（我原本认为，有夫之妇定然是比我年长的女人）。她的出现令我耳目一新，俨然是一个未知的新世界。正因为有这样一段历史，我才会有"年纪比我小的有夫之妇真不赖"的感慨。这句话并非单纯的玩笑话，更不是妄自菲薄，当中蕴藏着少许来路不明的颤抖和喜悦，以及茫然的期待和心醉神迷。

第二章

今天有克雷奇默教授的课。早在学生时代，我就听了无数次克雷奇默的大名，如雷贯耳。亲眼见到这位著有《天才人》《体型与性格》等巨作的老学究，是在我来到蒂宾根之后，当时也是心潮澎湃的。

说到教授，都是些神一般的存在，而克雷奇默俨然已经被当作神来对待。这里有"大学一刻钟"的传统，教授会迟来十五分钟。此前身穿白衣的讲师和助手计三十余名齐齐落座于阶梯教室前面，声势浩大。

讲堂座无虚席，听讲的学生当中有三分之一身穿白衣，其余的人当中有穿西装的，也有穿毛衣的。年过三十者不在少数。德国人只要高中毕业，都能上国家开办的大学，然而从两年后中期考试开始，学生就将面临残酷的淘汰。不少人屡战屡败，最终放弃学医，转而攻读心理学或文学。

克雷奇默翻开讲义，以一种低沉的声音讲课，时不时站起来边讲边走动。听德国人说，克雷奇默教授和许多德国的精英人士一样，讲高地德语，但仍有一些暴露其出生地的施瓦本口音。施瓦本口音是蒂宾根地区的通用语言。用日语来打比方，差不多相当于信州地区的方言，和标准德语还是有不少差别的。我刚到这里时，几乎听不懂当地人的话。不论是"早上好""再见"还是"晚上好"，一切问候语统统用"Grüß Gott"，有时也说"Grüß dich"，但发音特殊，极难听懂。

在德国的大学讲堂上，学生若觉得老师讲得好，讲得精彩，会在课后一齐敲打桌子以示赞美。然而这一幕却从未在克雷奇默的课上出现过，想必是因为学生已经把教授当作神，过度尊敬的缘故。

那一天，克雷奇默介绍了仅用精神疗法治愈具有妄想症状的精神分裂症患者的情况。一般来讲，精神疗法对治疗精神分裂症是无效的，但有必要尝试将其作为辅助治疗手段，采取多元化的治疗方案——漫长讲义的内容大致如此。

到了下课时间，克雷奇默合上话匣子，大步迈出教室，也不和学生们打招呼。他的助手和门徒随后走出教室，我独自留在空旷的教室里。阶梯教室右手边的墙壁上，悬挂着历代教授的肖像照，我触摸着颇有些年头的细长课桌，无目的地伫立良久。课桌上满是刀刻的涂鸦或纪念性文字。眼前这个昏暗的巨大空间，营造出一种"学术殿堂"的气氛，将来有多少位优秀的医生会从这里扬帆起航呢？不单单是医生，毕竟蒂宾根大学出身的诺贝尔奖获得者一只手都数不过来。

我日后回国，只需说自己听过克雷奇默教授的课，脸上便有光。然而现在，我虽身处学术殿堂，但自我感觉与之越来越不相配了。我的容身之所应该在别处，在语言的世界里——自从收到那家出版社的来信，这份念想越来越强烈，终日萦绕在我脑际。

我说一件事，只要是精神科的医生听了，恐怕都会激动得浑身颤抖吧。所有精神科医生心目中的神——克雷奇默教授，我是能经常见到的，因为他经常来我所在的研究室。他进来的时候，全体起立迎接，连抽烟者也赶紧掐灭烟头。

克雷奇默挨个关心研究人员，简单询问他们手头的工作进展如何。有时还会说：

"你们要时不时望一望窗外的施瓦本山丘，让心灵得到休息。"

从克雷奇默微胖的体型和丰伟的著述推断,他应该属于循环性气质,但他的精神却格外敏感,似乎也含有分裂气质的成分。最近我总算明白,他的文章其实已经很好地体现了这一点。

来自日本的大学教授有时拜访此地,几乎所有人都想见克雷奇默,想与他合影。居间撮合(因为克雷奇默是神,不是想见就能见着的),在好不容易得到克氏应允后安排两者会面,并在会面时为他们拍照留念的,就是我。克雷奇默在这种场合总是表现得亲切和善,与之握手,可以感到他的手掌极其柔软,略微有些发黏。

……我坐在阶梯教室的正中央发呆,一个念头浮出意识表面:"我来德国留学,哪里是来做学问的,分明是来给克雷奇默和日本的教授拍合影的嘛。"这个念头不带丝毫的幽默感,反倒是裹挟着纯粹的沮丧。

我不该在这里说日本教授的坏话。我来德国的时候,博士论文尚未发表,但在我的简历中添上"Doktor(博士)"的,正是一位日本的教授。在德国,头衔比什么都管用。多亏这个"Doktor",我才得以从日本的厚生省领到每月五百马克的奖学金，还从这家研究所领到一千马克的研究经费，并且从一开始就能在研究室学习。旅途中投宿时，只要在登记册上写下"Doktor"，店家会立刻投来惊叹的眼神。

一位同事说："有个人有三个博士学位，所以在称呼他的时候，得连呼三声 Doktor，再叫他的名字。"

这当然是开玩笑，可当时我倒是半信半疑了，可见头衔在这个国家多么重要。

话说回来，我无意生活在头衔的世界中。借用吕贝克作家的话，我想和"妖孽、小鬼、地底的怪物和因为认识而变成哑巴的亡灵"交朋友。十年前我攀登枪岳，下山途中，一种错觉似的亢奋感觉突如其来。眼下，我独自一人站在悄无声息的空旷教室中，体味着与昔时相似的心境，浑身微微发颤。

早已是真正意义上的冬天了。蒂宾根虽然降雪不多，有时也会从寒云密布的空中飘落少许白色之物。有一天，竟然积了二十厘米的雪，上冻的内卡河表面一片白。

当地人都蛰伏在家，或工作或学习。施瓦本人勤

俭节约的品质是举国公认的。当地甚至有这样一支民歌:

　　抡膀子　攒银子　盖房子　翘辫子

　　十二月,早晨七点半。我走出家门时,天色依然是漆黑的。偶尔遇到没有云的好天气,星星像凝冻了似的,冰清玉洁。下午三点以后,天色就暗下来了。

　　冬季的一天,研究所的老职员赫姆约我乘上他那辆伤痕累累的"大众"牌汽车,去蒂宾根的郊外兜风。此人十八岁应征入伍,参加了列宁格勒战役。战场上,其腹部相当于盲肠的部位被子弹射中。当时德军处于优势,所以他得以在野战医院得到细致的治疗,保住性命。此后,他被送到维也纳后方。伤愈后,因为当时医生不够,他被迫在解剖学培训所见习两年,大致掌握了这门学问。之后被调到法国战线,被俘。前后大约七年,他是在战场上度过的。他只上过德国的国民小学,说五十来个同学中现在还活着的只有三个。他没有行医执照,现在姑且以研究所职员的身份度日。

　　我们的车驶出蒂宾根城区,刚好遇见马路上有两辆坦克和三辆吉普车驶过。它们属于当时的法国占领军。德国人打心眼里讨厌法国兵。长着一张娃娃般圆脸的赫姆也说：

"有些德国女人竟然和法国佬打情骂俏。那些娘们都是白痴。"

包围蒂宾根的丘陵，植被以冷杉为主。虽然蒂宾根并不位于德国的"黑森林地带"，但树木的种类相似。密密匝匝的冷杉，每一棵看上去都差不多，另有栎树和白桦树掺杂其间。

从春天至夏末，这片森林明亮鲜丽，杂草不多，大可长驱直入，直抵森林的深处。我时常走进这片山丘上的森林中，就像早年在信州求学时那样，坐在树下摊开书，倾听鸟儿啁啾，耽于漫无边际的幻想。

而眼前的森林披着白雪，寂寞而清冷。附着枝头的雪凝成树挂，沉甸甸的，压弯了冷杉的枝条。我们停车观望，发现难以涉足林中。

"啊——我怀念夏天。"赫姆说，随后又添了一句，"你瞧那些树枝，都快折了，看着怪心疼的。你说呢？"

难得听他说出这种话。

白色的森林，绝对谈不上鲜明亮丽。它们蹲伏在阴沉的天色下，令人心里发毛。

当晚，我在属于自己的阁楼房间里，一边给炉子加煤块，一边回想白天见到的那片森林。它似乎要牵扯起我记忆深处的什么东西，却难以识别其真面目。时至深夜，我独坐书桌前，在日记本上简单写了几笔，之后进行所谓的"创作"，在几页纸上写下稚拙肤浅的文字，但的确是倾注了我全部的心血。

随后，我钻进了被窝，久久不能入睡。忽然，我想起来了。白天见到的那片白色的——准确地说，是灰影下的森林，与童年常去的地方是那么像。那是一片广大的墓地，耸立着高大的树木，墓碑和塔形木牌林立其间。在朦胧如幻的童年，我在那片墓地当中认识了"夜"，乃至嗅到了"死"的气味。

那是一份灰暗阴郁的回忆，令我更觉无助绝望。

"赫姆不也说了吗？他怀念夏天呢。"我心想。

于是，我勉力把思绪牵引向那个阳光满溢的季节。

我想起了多瑙河源头的泉水。去年六月末，我去了一趟小城多瑙艾辛根。火车实在慢，没开多远，就到达下一站了。

我的父亲在我小时候就去世了。他可以说是一个优秀的文艺爱好者,天生懂得所谓创造的尊严和卑劣。他遗留的作品不多,除了几本游记和随笔,还有一册蓝色封面的诗集。他写过一篇题为《访多瑙河源》的文章。当时他身处奥地利首都维也纳,在那里,多瑙河已然是一条大河。父亲有意探访多瑙河的发源地,便动身前往位于蒂宾根西南部的多瑙艾辛根旅行。

"入夜后,列车抵达多瑙艾辛根车站。我走出车厢,沐浴月光,问得舒特曾旅馆之所在。随后办理入住,并以冷餐果腹,问账台小伙多瑙河在何处,答曰就在这附近,名谓布里加赫河。该河下游某处,布雷格河与之合流,是为多瑙河始源。"

这本父亲所著的《欧洲纪行》是我成年后在幸免于战火的亲戚家中获得的,而且带到德国来了。

当晚,月光皎洁,父亲在河岸边自语:

"多瑙河也细了许多。如此一来,我的心愿也了结了。"

随后,他便步行折返,文章到此结束。

因为有这么一段往事,所以我在多瑙艾辛根车站下车时感怀无限。父亲是在月光下散步,我则饱受日晒之苦,时不时抹去额上的汗珠,一手提着脱下的外套。

前方是森林地带,远远望见教堂的两座高耸的尖塔。路遇一座颇为气派的石桥。"这是什么河?"我心想,迈步前看。这时,就在石桥左侧,一座外墙刷成淡黄色的三层楼建筑赫然跃入眼帘,墙上用又大又黑的德文写着"舒特曾旅馆"。我的心跳加速了。

旅馆的木头百叶窗都是白色的,设计成两扇对开的形式。其外观不甚古老,进门就是餐厅,不论是黝黑而宽大的固定式餐桌,还是同样黝黑的高靠背椅,都透着浓浓的年代感——这里,的确是父亲当年落脚的旅馆。

我先点了一杯啤酒,问中年侍者这家旅馆的开业时间。对方给出一个明确的年份——正是父亲来此地旅行的前一年。想到自己正坐在父亲曾经住过的旅馆的椅子上,一种落寞的酩酊感将我包围。这种感觉或许来源于我的一个观念:小时候,有一次,我深切地感受到,我和父亲是一样的,至少是同一类人。

我沉思良久,一口一口抿着啤酒。侍者经过我身旁时,问我是不是来自蒂宾根的学生。我点头称是,问他多瑙河的起源地是否在附近。侍者说往前走不远就是菲尔斯滕贝格大公的居城,多瑙河的源泉就在里面。

我不大明白他的意思。姑且按他说的步行前往。走在石桥上俯视，可见布雷加赫河的水色稍显浑浊，大概是前一天降雨的缘故。

眼前的建筑物坚实牢固，颇具城堡之风。我穿过大门，左手边就有一处圆形的石砌建筑，那便是多瑙河源泉。泉眼周围有铁栅栏环绕，水色清冽，令见者神清气爽，与方才布雷加赫河的浑浊对比鲜明。正对面是丰饶之神携童子和姑娘的大理石雕像，刻有"多瑙河源泉"字样。泉眼的一侧有出水口，涌出地面的泉水从中流出去，就是多瑙河的第一缕水流。

"侍者说的原来是这么一回事。"

这眼泉水的情状没有在父亲的文章里出现过，令我有些失落。

澄明透净的泉水，光辉灿烂的阳光——"还有这么一个难忘的夏日啊。"棉被里的我双目圆睁。此时，一段往事浮出意识表面，想起它是一种犯忌的行为，可我无论如何也阻挡不了。这段回忆令我心痛，同时也是无比甘美的……

给伦子治疗荨麻疹后半个月，我和她又见面了。

"我说小达啊,"堂姐打来电话,"上回你见的那个伦子,她的荨麻疹是治好了,可是湿疹又发作了,去皮肤科看了医生,说是隔一天打一针药水。她每次去都要等好久。小达,你能不能抽空给她打一针?小伦家离你医院不远的。"

"嗯。"我含糊其词,"打什么药呢?"

"药水伦子会带去的。静脉注射,说是自己家里打不了。"

"这样啊……我这边应该没问题。下午三点之后我总归有点时间的。"

"是吗,那太好了。拜托了。回头我让小伦给你打电话,在你方便的时候去医院。"

就这样,伦子又出现在我面前。话说回来,此时的她依然与我很生分,多少有些做作,用轻小低沉的声音向我致谢,礼貌得有些过分。我也是始终摆出医生的职业面孔,从器械室取来消了毒的注射器,注入她带来的药品,在无人的图书室将药水打进她那细细的静脉,然后说了几句医生的套话:

"好了。胳膊肘弯起来,按住棉球,压一会儿。"

第三次,第四次,每次都是平淡如水地打交道。但在之后一次,我约她去了医院内的咖啡馆。我俩的谈兴并不高，但比先前轻松自在得多。咖啡馆中身穿白大褂的医生不在少数，伦子忽然捂住嘴低下头，我当她是噎着了，后来才明白她是在忍笑。

"你笑什么？"

"医院里那么多大夫。"她缓过劲来，"就数您的白大褂最破。"

她拿我开玩笑了，这让我喜出望外。我也回敬一句：

"你的手指甲，涂得太红。我欣赏不来。"

"是吗？"

"太浓艳太扎眼。跟卖身的女人一样。"

她像是吃了一惊，那双温润的大眼瞪得溜圆，直愣愣地盯着我。我觉得自己失言了，后悔不迭。片刻，我见她的眼神虽然带些困惑，但已经流露出笑意，这才稍稍宽心。

她下一次来打针的时候，我心里简直乐开了花——这份孩子气的欢乐来自何处，旁人自然是不明白的——伦子的指甲不再是红色的了。指甲油固然是涂了，只不过是透明的品种。"莫非她对我有好感？"这个念头一把揪住了我的心，揪得我生疼，"难道真是这样？否则怎么解释她专门来神经科找我打针。有时间给她打针的大夫，一抓一大把嘛。"

事实并非如我所想象的那样，是我自作多情了。伦子来找我打针，完全是我那个爱管闲事的堂姐一手安排的，伦子乖乖照办罢了。说起来，我和她已经见面多次，两人的对话却依然寡淡。再看她的态度，仍然是有意和我保持距离，有时甚至流露出根本不在乎我的神态。我胡思乱想，心生千千结。一线希望和期待，被成倍的痛苦和悲哀取代。我承认，我爱上她了。这么说来，我看她第一眼的时候，爱就已经萌芽。

然而，我和她打交道的方式，在不久之后的一个周末，陡然变了。

先前她来时总是一身西式便装，当天穿了和服。粉紫色碎花和服上，系了一条白色的横棱纹腰带，紫色的外褂搭在胳膊上。服装的变化，让她看上去成熟许多。准确地说，是更像有夫之妇了。伦子，你之前穿毛衣的样子，我只当是小女孩呢。

我很快吃醋了，一时间精神恍惚（我童年时经常这样），话也说不利索了。而伦子在打完针后也不动身走人，说了些感谢的话，一副扭扭捏捏的模样。我忽然想起就在昨天有洋酒送到伯父家中，慌不迭地向

伦子表示感谢,说了一句连我自己也觉得莫名其妙的话:

"今天礼拜六,手头没什么工作,要不要去逛新宿?"

催生出这句话的,并非我的勇气,而是当下的混乱和不知所措。伦子动了动嘴唇,我根本听不到她的声音。她用一贯含糊轻小的声音微笑着说:

"我与您一道去。"

老实说,她的回应令我乱了方寸。同人杂志集会后,文学同好们常去新宿车站西口的廉价小吃摊。战后的"浓汤"固然已经成为历史,但廉价的调性依然在,吃一顿火锅三十日元足矣。带她去那种脏兮兮的地方用餐,我是万万做不到的。

好不容易想起那一带还有一家烤鸡肉鸡杂的店。这家两层楼的食肆档次稍高,我去过一两次。秋天天黑得早,但我们到达这家店的时候,窗外的天还是亮的。显然我们来得太早了,一楼几乎没有人,登上二楼,只见到两桌客人。我点了两三个菜后问伦子:

"你能喝酒吧?"

她的眼神低垂,微笑着轻轻点头。这个微笑给我了我莫大的勇气。我下意识地加快了喝酒的频率。在以往的同人聚会上，平时胆小怕事的我只要有了醉意，也是能发表一番宏论的。

这时我才发现，她也喝了不少，桌上已经摆了好几个空酒壶。我也给她斟了不少酒，可是一转眼，她的酒杯又空了。

"好酒量啊。"我表示佩服（这有什么好佩服的？）

"平时不喝。可一到关键时刻，小伦可能喝了呢。"

果然是酒精起了作用。她第一次在我面前自称"小伦"，还头一回在我面前说"一到关键时刻"之类的话。

客人越来越多，我们旁边的席位坐上了两位结伴的年轻女性，她们出示学生证后点了日本酒。这家店给学生优惠价。在当时，女人喝啤酒不稀奇，但两个小姑娘相斟日本酒的场面，着实令我大开眼界。

"你看看边上，有你的师妹呢。"

伦子朝那边瞥了眼，说："我读书的时候没喝酒。"话音刚落，一口气干下一杯。

这会儿，我的醉意已经相当浓，按理说，她应该更甚于我。她的话匣子已经敞开,就跟变了一个人似的,非常健谈。

"堂姐所说的'人来疯',大概就是她现在这个样子吧。"

她的姿态令我深深着迷（与我记忆中的少女形象仅有的区别,是她那头柔美的黑色卷发）,就连每一根手指头都给我心动的感觉。细长的手指,绵软而袅娜,宛如游动的小鱼。指甲仍然是用透明的指甲油装饰的。再看她的手背,淡淡地浮现出青色的静脉——就连这些平淡无奇的现象都令我赞叹不已。

她以我的姓氏后加上"大夫"称呼我,显得生分,我让她改口,她便依了我,在我的名字后加上"先生",听着感觉好多了。她则一直以"小伦"自称。

她说我的堂姐曾经说我是个怪人,然后问我：

"达夫先生,您真有那么怪吗？"

"这……说起来,我从小沉迷于昆虫,成天追着虫子跑。"

"虫子？"伦子说,"打仗的时候,我去地方上避过难,晓得好多虫子呢。什么菜粉蝶、黄蝶、燕尾蝶,还有蜻蜓……红蜻蜓、江鸡什么的。"

她孩子似的报出昆虫名,令我目瞪口呆。我生怕别的顾客笑话,打断了她:

"主要是甲虫。金龟子一类的……"

"小伦知道金龟子。象鼻虫、锹甲、天牛、铜花金龟……"

若非被爱情蒙蔽了双眼,想必我会把她当成智障的。然而此时此刻,我却觉得她是那么可爱。

不久,我们出了那家店,夜晚的空气有些凉,但街上人潮涌动,夜生活才刚刚开始。

"不冷吗?"

"不冷。脸上烫烫的,挺舒服。"

"回家了?"

"再走走嘛。没关系的。小伦没醉。"

我心中一喜。话说回来,极度矜持、彬彬有礼的她如今豹变,还是让我有些不适应。

"有夫之妇就是会应付男人。"一个念头蹦出来,"她平时肯定是用这副腔调跟老公说话的。"

这个念头令我沉默,伦子却还是那么健谈。我尽管有些吃醋,但她的话听上去始终是那么悦耳。我俩经过二幸附近,她说:

"那儿有一家酒吧。我去过的。请您去喝一杯,算是我的一点心意。"

我依了伦子。那家酒吧在地下，我从未来过这里，走下去一瞧，相当高档。我们被领到狭小的地下一层，这里有三个包厢，能俯瞰宽敞的地下二层空间。所幸当时没有别的客人在场，也没有陪酒女前来应酬。侍者前来接待我们。

"嗯……小伦喝什么好呢？你呢，老公？"

她把身边的我当成老公了。那一声"老公"，给予我莫大的震撼。事实上，我被激怒了。侍者退去后，我冷冷地说道：

"我提醒你，我可不是你老公。"

"对不起，我搞错了。小伦有点醉了。"

"我可能是个可怕的人。比起正人君子，我更希望当个大坏蛋。跟我这种人喝到烂醉，合适吗？"

这番话有两层含义：其一，当时我已经开始创作小说，正是吕贝克作家以讽刺笔调描绘的那类不为健全世俗所容的畸零人（我已经彻底地、虔诚地、出自真心地接受了这种反讽）；其二，这是对伦子虚张声势。尽管伦子比我小，但总归是有夫之妇，年轻的我，有意在她面前逞能耍横——君不见，今天的我，难道不是一直被她牵着鼻子走吗？

出于这两点理由,我几乎是条件反射性似的说了狠话。伦子的脸色霎时由晴转阴,她用一种哀求的口吻说:

"请别说那么吓人的话。亲爱的,你是坏人?骗人,一定是在骗我。"

她用"亲爱的"称呼我,令我心中不悦顿时烟消云散。我还真是个势利眼。

"那也行吧。反正别再叫我老公了。"

我相当混乱,口不择言,端起兑水威士忌一饮而尽,这平凡的饮料为何如此美味,何以如此撩拨我的心?我从未有过这样的感觉。伦子喝的是杜松子酒,添了好几杯。其间,她不打自招,向我说起她的情况。

她是独生女,从小就想要一个关心和爱护她的大哥哥。十四岁时,愿望实现了。对方比她大十来岁,把她当小妹妹来疼。两人门当户对,两年后,他们的关系得到了双方家庭的默许,将来会结为夫妻。这位大哥哥吻了两三次当时还是少女的伦子,就像吻自己的妹妹一样。那是伦子最幸福的时光。后来男子患上急性肺结核,三个月就死了。

伦子陈述往事的语调是淡淡的,忽然低下头,摆

出强忍泪水的姿势。就在刚才,她还拿自己打趣:

"小伦真是个傻瓜。和他亲吻,就当自己献出处女之身了。"

我听后又犯了小心眼的毛病,一心想刁难她:"你现在不是有老公嘛。刚刚就脱口而出了……"如今见她流泪,我暗自庆幸自己没把如此伤人的念头说出来。

伦子十八岁结了婚。彻头彻尾的包办婚姻。她成了利益交换的工具。

"那个人死后,小伦也想过一死了之,可是做不到。"

她低头望着地面,讲述她的故事,很快又抬起头来,微笑着说:

"小伦有点歇斯底里,没别的本事,只会咕嘟咕嘟大口喝酒。"

她的微笑是那么天真无邪。她的话令我无言以对,只是一味地拨弄着酒杯。

她又喝了一口,陡然变了脸色,像是在忍耐着什么,眼见她的表情越来越痛苦。

"你怎么了?不舒服吗?"

她轻轻地点了点头,刚站起身就弯了腰,吐在地板上。我赶紧扶住她,毕竟在酒后呕吐方面,我可是行家。

"没事的。你就吐个痛快。"

我一边抚摸她的背,一边为她鼓劲。手掌所触及的,是她细而硬的骨和柔软的肉。她接连吐了两三回,总算是消停了。我扶她坐好,递去手帕。她双眼含泪,也还是努力从自己的包中取出手帕擦了擦脸,休息片刻。

此后她的表现令我大吃一惊——一般来讲,呕吐后的难受劲会持续好一阵,但伦子的气色反倒好了起来,变得明朗,带着喜色,兴致勃勃地说:

"吐了就舒服了。感觉完全好了呢。不可思议。怎么会这样?你知道吗?"

口气里带着一丝撒娇。对于她的问题,我还真不知如何作答。

我不由自主地探出身去,伸出手托住了她的脸颊,在额头轻轻地吻了一下。本想快速撤回的,不料伦子把自己的手盖在我的手上,轻声说:

"请你别撒手,求你了。"

我便保持住这个别扭的姿势许久,闭上眼睛。眼前浮现出当年出发去攀登枪岳前在松本车站邂逅的那位少女的形象,又浮现出山顶夜空中壮丽的星阵。不知过了多久,我们各自落座。

"你还好吗?"我生硬地问候。

"嗯。"她的口气倒是平静得很。

伦子还想喝,被我劝止。两人走出酒吧,叫了计程车。她家在涩谷的后街,这里是一片高档住宅区,让人很难相信热闹的涩谷竟有如此清静之地。当中有一座高大的西式建筑,长长的白色院墙延伸出好远。这里便是她的家。

回家的车中,我精神恍惚,似在梦中。横亘在我和她之间的那道鸿沟,一直盘旋在我的脑际,挥之不去。

第二天中午,我结束了上午的门诊,正在医研室吃午饭,伦子打来了电话:

"昨晚失态了,还望见谅。"

伦子的口气一如既往地客气有礼,我也含含糊糊地应付上几句。因为当时还有其他医生在旁吃着外卖,我不便多说。这时,伦子的声音突然变了:

"昨晚你紧紧抱了我吧。"

"嗯。"

"我很开心。"

话音刚落,她挂了电话。

次日,伦子本该来打针的,可是她没出现。又过了一天,我又是在门诊接诊,又是在住院部查房,忙碌中总挂念着她的来电,最终白等一天。第三天,伦子总算出现了。不巧,当时我刚吃完中饭,正好是最忙的时候,她有些无精打采,低眉顺眼的。几天下来我心里闹别扭,但就在看到她那张鹅蛋脸的一瞬,一切的不愉快统统没了。

"在您百忙之中前来打搅,还请见谅。"她用一贯低沉的声音说,"其实是针剂用完了。两天前在皮肤科配了药。大夫提议换一种药……"

我有生以来第一次阅读这种药的说明书。这药含砷,缓慢注射的话会引发血管疼痛,需要快速注射。

"可以啊。那就试试看吧。"

我像往常一样,找到她胳膊上唯一一处能看见血管的地方进针(由于三番五次注射,针头已经不容易扎进去了),见血液回流到针筒内,便使劲一推。

"疼吗?"

"不疼。"说着她站起身,手掌撑住前额,表情很是疲惫。

"怎么了？"

"不知道……很难受，有点晕。"

眼见她的状态急剧恶化，我慌了。可我总不能带她去值班室休息，便扶住她那瘦弱的身体，去了楼下的电击治疗室。在这个时间点，电击治疗室是不会有人在的。我让她躺在治疗床上。

"躺一会儿吧。脉搏是正常的，不用担心。"

此后我离开这里，去照料一位由我负责的病人，大约半小时后回来。伦子闭着眼，听到我的动静后微微睁眼，随后瞪大眼睛，用表情告诉我她已经没事了，和上次醉酒时的神态如出一辙。她的表情仿佛在说：

"完全没事了。神清气爽呢。真奇怪。你说，怎么会这样？"

伸手去摸她的手腕，想给她把把脉，不想她的手指缠住了我的手，我也不由自主地握住了她的手……时间仿佛停滞，我的意识也模糊了。

其实，这种状态也就持续了一分钟左右。她说：

"我已经没事了。您继续忙吧。我回家了。"

她说的没错，那一天我确实忙，只把她送到病房门口就回身去工作了。傍晚时分，我正准备回家，伦子打来了电话。电话本是打到人比较多的看护室的,我让接线员转到已经空无一人的医研室。电话那头,伦子为白天的事频频道歉。我说:

"那是药的问题。别用那种药了,针也在皮肤科打吧。我算是怕了。"

伦子没吭声,听筒里传来吃吃的窃笑声:

"我也怕了。打一次针就要晕倒一次。"

我和她已经像密友一样聊天了。我也变得健谈起来:

"你知道你刚才睡的那间屋子,是干什么用的吗?那是电击治疗室。"

"电击治疗?'滋滋滋'的那种?"

"病人会失去意识的。不过他本人是不知道的。"

"给小伦也来一下吧?说不定能治好坏脾气呢。"

"这个嘛……"

两人陷入了沉默。过了一会儿,伦子开了腔,听口气像是下了很大的决心:

"那会儿您一直握着我的手吧?"

"嗯……"

"为什么呢?"

"因为……我喜欢你。"

我也不知道为什么会这么说。大概是因为我们是通过冷冰冰的电话来交谈,伦子不在我面前的缘故吧。话说出口,我觉得那不像是自己声音。

"您别说了。"传来伦子叹气的声音,"小伦不知道该怎么办才好了。感觉好害怕。怕归怕,我心里踏实了,真的,踏实了。我挂电话了,回头给您写信。"

伦子挂了电话。头脑当中种种念想来来往往,从根本上动摇了我,令我难堪、混乱,欣喜若狂。伦子对我有好感?不会,不会的,那是有夫之妇一时的意乱情迷——我提醒自己。即便如此,心底仍然冒出一缕一厢情愿的情绪,萦绕在心头。我从伦子的声音中,听出了一种求生的欲望,就像溺水者见到救命稻草时那样,拼命地挣扎着。

我在空无一人的医研室内一动不动地待了半个小时,无意识地啃着指甲。回到伯父家中,仍然理不出头绪,度过了一个不眠之夜。看样子,在收到伦子来信之前,我只能独自忍耐这段没有结论的苦恼时光。

本以为要等上好久，岂料第二天傍晚，我就在医院收到了伦子的来信。信封上盖了"当天送达"的快件红戳，鼓鼓囊囊的一叠。信封反面，写着虚构的寄件地址和寄件人姓名（是一个男人的名字），字体明显是女人写的。

读完信后，我有些恍惚。信的内容我就不细写了，字里行间流露出对我的好感。我的感觉是基本准确的。

一个念头突如其来：这种事可以发生在我身上吗？这算是我的自知之明。听上去挺可笑，却是发自我内心的。我这种人，就跟吕贝克作家笔下的少年托尼奥·克勒格尔一样，一厢情愿地暗恋着男孩汉斯·汉森和女孩英格博·赫姆，却始终没有赢得他们的好感，顶多和女艺术家丽莎维塔建立起冷静的友谊……对了，丽莎维塔不是说了吗？托尼奥是"误入歧途的俗人"。既然是俗人，谈一场短暂的不合时宜的恋爱，也无可厚非吧？我明白自己是在自说自话，种种念想仍旧是剪不断理还乱。

伦子，你的头发是黑色的，眼眸是黑色的，性格也是捉摸不定的，然而毫无疑问，你属于"金发碧眼"的那类人。

我睁着眼,做了一个短暂的梦。这个梦起初是无比甜美的,然后蒙上了阴影,最终被绝望的黑暗彻底占领。

两天后,我们在距离医院很近的神宫外苑内散步。没有目的地,完全是信步而行。时值晚秋,薄雾蒙蒙,空气微寒。我俩就像小学生一样,手指勾手指,感觉真不错。这种行为让我觉得有些难为情,所以一旦对面有人来,便慌忙撒手,而伦子那柔软的手指,会立刻黏过来,以至于我加快了脚步。

"小伦我啊,一直都生活在绝望里呢。"她迈着小碎步,边走边说,"习惯了,于是决定干脆就绝望一辈子了。"

我没说话。

"小伦我呀,可黏人了,就是没有人可黏。我的心情你可明白?"

我支支吾吾。

雾渐渐浓了。自然无法和北欧的雾、曾经领教过的枪岳山顶的浓雾相比,却也模糊了路灯的光。深沉的夜色,让我回忆起儿时的一幕——我在墓地里苦苦寻找哥哥的坟墓而不得,却见四周林立的树木、墓碑和塔形木牌间,"夜"如烟气一般升腾。行走其间的我,就像一个梦游病患者。在我心目中,"雾""夜"和"死"三者常常会合为一体,有时感觉它们极其相似。说不定,这当中还夹杂着"爱"。

雾气越来越浓,我的心也不知该往哪里走了。眼下和伦子并肩同行,但目的地被雾气抹去,彻底迷失了方向。然而我又觉得,像这样漫无目的地走下去,说不准会抵达我灵魂的本源。

一旁的伦子开了腔:"你走得好快。小伦累死了。"

"不好意思。"我回到现实,缓下脚步。

"你肯定也是由着自己性子来的暴君。算了,没关系的,绝望的感觉小伦早就习惯了。"

"瞧你说的,我由着自己的性子来,都是写小说害的。"

平常我很少向人提起写小说的事,因为觉得难为情,但现在我必须向她坦白,否则真的是无话可说了。

"哎呀,"伦子说,"说你是个怪人,原来怪在这里。小伦人笨,小说我看不明白……改天给我看看吧。"

我不情愿地点头答应，心想自己是多嘴了，后悔不迭。

像这样，我和她漫无目的地散步，前后有过三回。其间她说过一句话，令我印象颇深。当时我们走在千驮谷一带的小路上，路侧是黑色板壁，延伸出好远。她冷不丁说了一句：

"我想被你包养。"

我大吃一惊。二十来岁的男青年，的确不大适合听到这种话。我了解她的身世之后才明白，这句话并非她突发奇想。伦子的父亲、祖父都有情人。新年正月里，情人竟会上门来拜年——她就是在这样的环境中长大的。而她的老公也是如此。

"有人疼有人爱的，都是小三哦。"她的话一半是开玩笑，一半是认真的。

寒冷的季节，夜晚已经不适合漫无目的的漫长散步了。再者，在千驮谷一带清静的住宅区当中，一下子冒出好几家情人旅馆。当中有一家，先前那位爱好文学的富婆常领着我来这里。如今的我自然不会动进去的心思。

"好冷啊。"伦子说。

正好经过一家情人旅馆门外，我接上伦子的

话，说：

"要不要进去？"

话说出口，我便深深觉得自己犯了大错，太冲动了。而伦子却很平静，说：

"你果然不是好人。"

语调极其自然而淡定，想必她已经想得很透彻了。当时刚好有人迎面走来，我们暂且过门而不入，而后折返。伦子左顾右盼（那孩子一般的紧张神色，在门口灯光的映照下显得格外美），先于我闪身进门，再向我招手。我心头一紧，心想在节骨眼上女人要比男人大胆啊。

我们被带领到一个只安放一张狭小床铺的房间，就连极小的浴室也在房间外头。等端茶来的女服务员退下，伦子便说：

"可别做坏事哟。"

她那打趣的口气，反倒让我松了口气。此话怎讲？因为我一直都由那些有夫之妇摆布，她们怎么说我便怎么做，从未主动采取行动。再者，伦子的丈夫恐怕是深谙男女之事的，我担心自己倘若表现得笨手笨脚，会被她耻笑。

殊不知伦子同样对我存有畏惧之心（我是后来才

知道她怕我，我俩聊起这事就笑个不停），起因于那晚在外喝酒时我吹的牛——"希望当个大坏蛋"，这句话深深印刻进她的脑子，于是她也耍起了心眼（这也是后来才知道的）。

她说："你只能脱上衣哦，别的不行哦。"又说："衣服别脱了，就在床上亲亲嘴吧。"

结果就像她所说的，我们就像少男少女，连毛衣也没脱，就抱在一起，稚拙地接吻，屏住呼吸，相互确认对方的存在……其间，伦子会漫无边际地聊，娇滴滴的语调像个孩子。她说，小时候真心相信自己有个哥哥，总有一天会回家来的。

一会儿，她忽然发出一声"跳"，当真从床上跳了下去——那是她在拼命强化自己的存在感，但当时我没有想到这一层，内心惊讶不已：

"原来堂姐说的'人来疯'，就是这副样子啊……"

当晚，我和她就这样过了一夜，仿佛达芙妮和克罗埃初遇时那样。我们已经非常满足了。然而，开弓没有回头箭。此后不久的一天，我终于用手摩挲她那柔软的、无比顺滑的、有些骨感的肉体，用爱抚摸。最终，我和她融为一体。

当晚我回到伯父家中，睡前在日记本上写下这样一行字：

"今晚，我和小伦做了夫妻。"

清澈透明的多瑙河源头，牵扯出我与伦子相遇时的回忆。心如乱麻，恰似泉水表面起伏不止的波纹，而心底，则被宁静的幸福感占据着。

小城蒂宾根已然被寒冻的空气所封锁，圣诞节快到了。但对于大多数留学生而言，圣诞节并非节日，尤其对于那些住在学生宿舍的人而言，室友们都回家省亲，自己独守空房，寂寞无聊得很。

十二月二十四日，圣诞前夜。德国人阖家团聚，就像日本人过正月。这一天也是囤积食品的日子。因为接下去的两天所有商店都歇业，甚至连电影院也关门。所以身为一介异乡人，留学生们除非得到当地人的邀请，否则在外头连一顿饭也吃不上。

赫尔加大婶不招待寄宿的学生，所以我大体上在同事家过圣诞。德国人的正餐是午餐，所以我在中午时分登门，连吃带喝的，连晚餐顺带也解决了。大家一起热热闹闹地聊聊天、听听唱片，不会像日本人那样瞎胡闹。冷杉做的圣诞树也是很朴素，挂着用稻草自制的星星，没有灯泡之类的点缀。

在我留德之前，我就听说德国实现了奇迹般的经济复兴，连女人的穿着打扮都变得光鲜亮丽，以至于出现了一个新词叫"Fräulein Wunder（奇迹小姐）"。即便处于这样一个时代，蒂宾根的圣诞节朴素依然——依我看，德国每座的城市都是如此吧。

小城并没有因为圣诞节而变亮堂。不少人回家省亲，灯光反倒暗了。我在同事家待到深夜，回家的路上，寒冷的黑暗格外地彻骨冻人。下着形似冻雨的雪，刚落地就化了，寒气穿透滑雪鞋。路人寥寥，我哈出的气是那么白。这一幕异国他乡的圣诞图景，实在是过于安静。这份寂静笼罩了天地万物，说它惊悚可怕也不夸张。我回到家中，双手揞在炉火上，又不禁回想起阳光灿烂的季节。

去年的初夏，我去了多瑙艾辛根旅行。在游览多瑙河源泉后，又朝博登湖畔的康斯坦茨进发。列车徐徐前行，车窗外时不时出现冷杉繁茂的小山丘，名副其实的黑森林地带。农田跃入眼帘，接着是辽阔的原野，还有红红的虞美人花丛。红色房瓦的朴素农家星星点点，又细又高的电线杆矗立于道路两侧，好一派素朴又有诗意的田园风光。

列车员来检票。德国的列车员可谓是规则和刻板的象征，严格得很。偶尔也能遇到极其温柔和善的老人。这时出现在我面前的，是后者。

"你去康斯坦茨？只有前面三节车厢是去康斯坦茨的。大学生，抓紧时间咯！"

我提着行李箱，走在包厢旁的狭窄过道上。我坐在很靠后的车厢，通过车厢连接处时，每每打开过道门，行李箱都会阻碍，颇费了一番周折。好不容易到达有"开往康斯坦茨"字样的车厢，走进坐着两三位乘客的包厢，这才松了口气。过了一会，列车员又来了，见我已经落座，便用双手比了一个"安全"的手势。我也打了一个手势表示感谢。

慢悠悠的火车开到一个名叫"拉多夫采尔"的车站。我往身后望去，眼前顿时一亮——不知何时起，博登湖就已经在我身后了。一大片湛蓝的湖水，湖畔聚集着一大群白天鹅，还有扬帆的小艇。

天气晴好，湖水蓝蓝。天鹅和小艇的帆，都白得不似这人间之物。正是因为在浓云密布的阴天下生活得太久，眼前的这一幕才如此鲜亮明丽，宛若上天的恩赐。列车在湖畔的平原上行驶，不时停靠车站。我看见附近有游客的帐篷或郊游房车排成的长列。

傍晚时分，列车驶入旧貌犹存的康斯坦茨车站。

当时我手头宽裕（在蒂宾根，每个月三四百马克够用了），所以住进了一家挺好的——准确地说，是相当高级的宾馆。运气不错，得到一间价格实惠的单人房。此后，我前往城区，参观有壁画的市政厅（内院的墙上爬满了爬山虎，朴实无华），随后去了一家屋檐歪斜的低档餐厅，点了大香肠、面包和啤酒，打发了晚上这顿。

吃完东西，又点了一杯红葡萄酒，一边小口抿，一边翻看在宾馆取来的城区简略地图，计划明天的观光路线。忽然间，我的兴趣转移，转而去听顾客间的对话，只听声响，而不尝试去理解意思，就像听音乐一样，或用眼球去捕捉女服务员来来往往忙碌工作的身影，乐在其中。而后，我又像往常一样，体味起当下："我为什么一个人孤零零地坐在这里？"这个念头淡淡的，在旅人心中诱发出几分忧郁，牵扯出几缕掺杂着甘甜和落寞的伤感情绪。

夜幕迟迟不肯降临，我往下走到位于小城东北部的博登湖畔，慢悠悠地漫步在宽阔的步道上，在一棵大树下的长椅上落座。此时的湖面已经失去了光彩，换上了青蓝色的晚装。摇曳的波光中荡漾着淡粉和淡黄，那是晚霞依依不舍的倒影。

地图显示不远处有赌场，我生来与那种地方无缘。若说去参观，眼下的这身打扮也太寒酸了。我便一直坐在大树下的长椅上，这里才是最适合我的地方。忽然间，我发觉湖畔步道旁栽的这种大树，是久违的菩提树。

一段始于高中时代的回忆，渐渐在心头蔓延铺陈开来。那是吕贝克作家耗时十二年铸就的鸿篇巨制《魔山》末尾的场景。"人生的逆子"汉斯·卡斯托普在瑞士的肺病疗养院经历了从精神到肉体的种种冒险，最终下山。这是什么地方？微明的天色，下雨，泥泞的土地，舔舐阴天的鲜红火舌，还有那隆隆的炮声——这里，是恶魔肆虐的战场。

我们的老朋友，人品不错但桀骜不驯的青年——汉斯·卡斯托普就在这里！他端着带刺刀的枪，拖拽着满是泥水的军靴奔跑。瞧！他践踏着倒地的战友的手——用他那双鞋底打了铁钉的军靴，重重地把这只手踩进散落着树枝的泥水中……这是怎么回事？他竟然在唱歌！他极度亢奋，浑然忘我，上气不接下气地小声哼唱着《菩提树》。

我曾在它的树皮上　　刻下那些甜蜜的诗
句……

他倒下了——穷凶极恶的高爆榴弹飞过来了，就像来自阴曹地府的宝塔糖块，发出恶魔般的低吼。他心想这回死定了。一大块泥土击中了他的胫骨，虽然很疼，但没什么大碍。他挣扎着起身，拖着满是泥浆的沉重军靴一瘸一拐地踉跄前行。不知不觉地，他又唱了起来：

它的树枝沙沙作响　　似把我轻声呼唤

就这样，在一片混乱中，在雨中，在暮光中，他从我们的视线中消失了……

晃过神来，我已热泪盈眶。

回想青春年少时——当真如小鸡雏一般幼稚而纯真的年代，在宿舍的被炉里，在小河边泛黄的堤坝上，在落叶铺地的校园一隅，在夜行列车的昏暗灯光下，我如饥似渴地阅读这部由那位巨匠辛勤织就的长篇小说。

此时此刻，一种没来由的悔恨和一种轻微的类似抱负的心情，又酝酿出新的伤感涌上心头。我从口袋里掏出手帕拭去眼泪。眼前的博登湖，已经完全被夜幕笼罩。黑暗中水波轻漾，不发出哪怕是一丁点声响。

次日，天气依然晴朗，明晃晃的阳光倾泻在我身上。回想起昨晚的多愁善感，不禁有些难为情。出蒂宾根之前，就有人告诉我：若去康斯坦茨，不妨去参观其近郊一处叫赖兴瑙的地方，那儿有一些颇有些渊源的古老修道院，内有描绘治病场景的壁画。康斯坦茨是个小城，没什么可看的，我毫不犹豫地直奔修道院。

小城地图告诉我，赖兴瑙分上采尔、中采尔和下采尔。姑且在离我最近的上采尔下了车。公共汽车开走了，我仿佛被遗弃在空旷无人的田间道路上。就在隔着一片田地的不远处，一座黄瓦尖顶的白色建筑映入眼帘，外观极其朴素，平淡无奇，但想到它是建于十世纪末留存至今的修道院，倒也在情理之中。

我走在白色的田间小道上。左手边隔着低矮的围墙，有一片相当大的墓地。这儿的坟墓被各种各样的花朵包围，鲜艳而华丽。有四方形的，有圆形的，还有仿十字架形状的，我驻足观赏一阵。假如幼时我家附近的那一大片墓地也整顿得如此漂亮美观，我的心智成长恐怕将是另一番模样吧。

连个人影也没有。迈进古建筑的门，里面是教堂的形式，但与刚才所见的华美墓地形成鲜明对比，一切是昏灰黯淡的。墙边有几尊石像，墙上可见几幅彩色的壁画，似乎是耶稣基督给人施治的画面。颜料剥落得厉害，画技稚拙，画面也不好辨认。我努力识图，才看出这些病人或是恶魔附体，或是患了肚子肿胀的水肿病，或是盲人。老实说，我有些失望，因为我期待着看到一些与精神医学有关的东西。

倘若当时没有别的去处，在这所空无一人的教堂度过漫长的时光，想必是能体会到一些东西的——建造用的石料比木材更容易崩溃，但坚牢且具有永久性；血肉模糊的耶稣受难像十分逼真，看似陶瓷质地，其实是流行于中世纪末期的木雕——诸如此类，将渗入我身，让我更好地认识到自己身上那些与之形成鲜明对照的东方元素。

然而在当时，我一心想着去中采尔、下采尔看看，期待着那里可能会有更有趣的东西。公共汽车一个小时才一班，我便顶着烈日，快步走在白得晃眼的小路上。真热，我早就脱去了外套，但现在就连打底的衬衣都湿透了。而且，这段单调的路程很长，走了老半天，也没见中采尔的影子。

道路两侧大部分是农田，散布着星星点点的农家，没有可以遮阳的树荫。农家的前院堆肥高高，如小山一般。走到稍高处，右手边极其鲜明的水色赫然入目，好一片坦荡的湖水，我不禁驻足观赏。

袖管早已卷起，胳膊暴露在炽烈的阳光下，被晒得生疼。想当年高中时参加山野徒步，也有过类似的体验。汗水自额头滴落，心情却是轻松畅快的——倒不如说，我一直以来将阴郁的感情憋在心里，是多么不健康啊。

总算来到一个不大不小的村落。公共汽车站的站牌上写着"中采尔"。民居的屋顶后面，隐约可见高大教堂的屋顶。这里的教堂同样是又大又空阔，比上采尔的那家修道院更加乏善可陈。我对建筑样式之类的一无所知，只身伫立在这座穹顶高高、空旷无物的建筑当中，一时间精神有些恍惚。这里也有一尊样式古典的耶稣像，诱发着民众的虔敬之心。我忽然发现角落的祈祷台上跪着一位中年男子，便蹑手蹑脚，尽量不出声，可脚下老旧的地板还是嘎吱作响。

我一介不信神的外国人，在这里搞出动静来，恐怕会打搅这位先生虔诚的祈祷。这个念头令我终止参观，早早退场。

我已经不打算去下采尔了。我来到车站，查询回康斯坦茨的班次，得知下一班回程车辆至少要等四十分钟。炎炎烈日炙烤着车站，我汗如雨下。既然如此，便去了不远处的草地以消磨时光。那里大树成荫，中央一棵不知名的尤其粗大，四个儿童手牵手才能围住。阳光透过枝叶的缝隙，在地面上形成点点光斑。我坐在长椅上，累是累，可是神清气爽，度过一段似睡非睡的时光。

事实上，我的思考就在半梦半醒之中进行。就好像梦境往往能带来觉醒，我在灵魂中反复玩味着这个观念——"精神"这种东西，它的母体是昏黑无光的，是寒冷冻结的。精神在那里沉思冥想，从模糊暧昧的事物中孕育生发出确乎有形之物。然而长此以往，精神将会疲敝衰弱。灿烂的阳光、碧波粼粼的湖水，会给精神注入生机，疗治它，相当于"充电"。所以我们既需要希路士所驾驭的神圣的火之车，也需要月亮女神赛琳娜的寒光，两者轮换交替。

恋爱，对于"精神"来说，无非是打个小盹，片刻小憩。伦子，我们的感情后来怎样了……

爱会招来爱，情会呼唤情——这种叠加效果的确是存在的。我深知恋爱关系中，重要的是主动地去爱。被人爱，不过是虚荣心得到满足罢了，当中必然地掺杂着厌恶。然而事实却是，被爱的感觉早已抹消了我的理性，反倒使得我对她的爱翻了几番。

我和她之间的感情并非充满了肉欲，但我们在认识了对方的肉体之后，感情深入了不少，就连两人分处两地不在一起，也成了一种痛苦。见面的机会很有限，于是我们频繁地通电话，但通电话同样面临着某种困难。伦子来电话的时候，我身边大抵是有人的，因此无法畅所欲言。无论是在医院还是在伯父家中，情况差不了多少，想煲电话粥，却难免有所顾忌。

但只要听到对方的声音，我们的心立刻得到安慰，陷入一种陶醉。医院门诊部接待处附近有个安了公用电话的小房间，跟大街上的公用电话亭没什么区别。日暮时分，几乎没人来这里打电话。我常利用这段时间和伦子通话，倾诉心中千言万语，或是东拉西扯闲聊许久。有的时候，好不容易打通了，忽然发觉房门口有人在等，我只能长话短说，草草收场。

最后我想出一计。门诊的诊室下午是上锁的，到了傍晚，就彻底没人了。我从行政人员处借来钥匙，在诊室给伦子打电话。这下子彻底没人打搅了，电话粥一煲就是一个小时。话说回来，这一招也不能频繁使用。

另一种联系方式就是写信。伦子几乎每天给我写信，总是厚厚的一叠。有时候用的是体面的信纸，经常是从笔记本上撕下来的纸，字迹也很潦草。来信寄到医院，也会寄到伯父家中。因为量实在是大，鼓鼓的一大包，所以我每次取信时，手心都捏了把汗。

伦子的信往往以"亲爱的"开头。她在电话中也常说"亲爱的"。对于我来说，耳闻目睹这个词，是多么幸福和喜悦的一件事啊。刚才用了"陶醉"这个词，在当时，"意乱情迷"或许更适合我。

差点忘了，伦子有一个四岁的孩子，上了幼儿园。我和伦子的感情发展的绊脚石（用这个词实在是于心不忍），并非她那位很晚才回家且经常在外出差的老公，而是这个天真可爱的女儿。伦子在信中写道：

> 我不会忘了你，也不会忘了那孩子。我不可

能放手的。我的心情,你们男人能不能理解呢?

每当我看到信上那圆圆的、小小的手写文字,总会想起伦子那低沉的声线以及她时而矜持有礼时而因为太过亲昵而乱了分寸的说话腔调。每当听见她的声音,总会想起她讨喜的脸型、纤细的手脚、柔软光滑的裸体……

她说,担心引起别人注意,就不来我的医院打针了。我和她难得都方便,所以一旦有机会见面,简直就像是奇迹发生。站在约定的地点(或是神宫外苑的某处,或是医院前的车站)等待对方,心情总是急切的。总是我先到,感觉时间过得好慢好慢——终于,伦子现身了。有时她来得晚,我正生着闷气,可就在望见她身影的那一刻,阴沉的脸立刻就放晴了。

天气寒冷,早点进旅馆才好。只可惜我囊中羞涩,设施优良、环境舒适的旅馆我是进不了的。我尚且记得,那些廉价旅馆当中,印象最深的当属没有床的日式房间,铺着榻榻米。我们先是在另一间房等候。女服务员铺好被褥,再把我们领进去。等待的时间最难熬,我因为羞耻害臊而坐立不安,想必伦子也是打心眼里厌恶的。

在这种地方买酒喝，贵得很。我常常用小瓶子装了威士忌带进来，顶多点些苏打水兑酒喝。最肉痛的还属住宿费。这种地方，钟点房比过夜便宜得多，但只限两小时。逗留好几个小时的话，反而比过夜还贵。有人会觉得区区小事何必说它，但在当时，如此锱铢必较实在是迫不得已，深深领教了现实的人生。

然而，一旦开始二人世界，现实就被抛到脑后了。我俩很快拥抱在一起，相互确认对方的身体，从短暂的陶醉中苏醒过来之后，就海阔天空地聊起来，忘了时间。现在回想起来，都是一些不着边际的废话。

伦子曾在一封信中这样写道：

> 梦见和你住在一起了。小伦辛苦做的饭菜，你看都不看一眼，小伦伤心了。转念一想，毕竟是和你住在一起，还是很幸福的。

下文还有这样一句：

> 我俩真的不能结婚吗？

这封信的内容在我心中不断膨胀。说实话,我心乱如麻。两人在现实中结合,我连想都不敢想,这就好像站在峭壁边缘的冒险,但绝对应当放胆一试。在给她的回信中,我这样写道:

> 假如小伦你能够恢复单身(我有意避免使用"离婚"这个词),我们就马上结婚吧。虽然我没有钱,但伯父说过,他打理了我父亲的遗产,将来置业的费用会替我出的,所以只要你有住小屋子过苦日子的心理准备,我会一直等着你。

第二天,我和她见了面,这件事自然成为主要的话题。

"我不想继续欺骗自己了,我想坚持自己相信的东西。"伦子说着,垂下脑袋,咬着嘴唇,"我会想办法和他分开的。"

"你舍得抛弃孩子?"我感觉头昏脑胀,反倒有些不知所措。

"抛弃?你这话好狠心。不过也只有这么办了。"

"接下去怎么办?"

"我回娘家去。罪恶感肯定够我受的,人家指指点点说闲话肯定也免不了。我就坚持不去夫家,熬一熬就过去了吧。"

"真那么简单就好了。"

"不试试怎么知道?嗯,三四天后我就离家出走。你等我哦,一个礼拜十来天,就会有眉目的,然后我就联系你。"

我从她的话里听出了女人的执着和决心,同时也为她即将离家出走而感到害怕。她的计划令我畏惧,也令我心头涌出无限的爱意。下定决心的伦子微微颤抖,想必是恐惧所致。她紧紧地抱住了我:

"我好害怕,怕得要死。不过我会去做的。抱紧我,别松手啊。"

我抱得越紧,她的身子抖得越厉害。

此后的两个星期,我饱受等待的煎熬,希望和绝望势均力敌,交替控制着我的情绪。就当我的忍耐达到极限,再也无法保持沉默的时候,她来信了——果然是坏消息。

小伦输了。大家围着我大加指责。如果有您在身边的话,我可能还撑得住。不过最困难的,还是舍不得孩子。老公不把她让给我。那孩子没我也不行。等她长大了,总有一天会离开我的,可是现在她还需要我。您在我心里很重要,那孩子也一样重要。真对不住,让您白白期待了一场。小伦是一边哭一边写信的,哭个不停。求你了,请别生气,体谅体谅我……

孤零零的小伦写给孤零零的你

"从一开始就知道,必然会是这个结果。"

我努力说服自己的内心,结果失败了。我一个大男人,默默地哭,虽然流的泪不及伦子的几分之一。

伦子在来信中说不能再与我见面,但信中又说希望我见上她孩子一面,前提是如果我不介意。我等待内心恢复平静,按伦子说的做了。我和伦子母女俩在新宿的果饮店见了面——是个女孩子,脸型虽然和母亲差别很大,但那双温润的眼睛无疑是母亲的真传。

"由美,向叔叔问好。"伦子说。

女孩子向我鞠了一躬,有点害羞,扭扭捏捏地要藏在母亲的身后。但站在陈列着各种饮料和冰激凌的橱窗前,她立刻表现出浓厚的兴趣,选了一个配料最丰盛的冰激凌。入座后,女孩一门心思地钻研冰激凌，而伦子，你一动不动地望着她，脸上挂着含有几分苦涩的微笑——眼睛是笑眯眯的，眼神却带着苦涩。

眼前的这一幕深深打动了我：我必须原谅伦子。要不然我还能怎样呢？望着伦子那天真的孩子，我仿佛灵魂出了窍，只留一具躯壳。

我和伦子的关系虽然经历了一番波折，最终倒也复原了。我觉得自己还年轻，伯父和伯母给我介绍对象，都被我借故推辞。医生本来就是晚婚的群体，过了而立之年仍旧单身的大有人在（我离而立之年还远着呢）。不管他们给我看哪位大家闺秀的照片，在我眼里，其魅力都不及伦子的十分之一。

随着时间流逝，我俩不再像刚开始那样狂热地通电话和写信。两人的感情变得深沉，亲密的程度远甚以前，任何事情都能敞开心扉，畅所欲言。别的不谈，只要两人在一起，就能度过一段轻松自在、安闲舒畅的时光。

伦子把我当成了出气筒。有一回，她去参加学习院大学的同学会，听到的全是某某和哪个富豪结婚之类的话题。事后在我面前絮叨许久，就好像是我的

错。此后的来信中她写道:

> 上回见笑了。写给我的出气筒先生。

这段时间,来信的内容十分凌乱:

> 我该怎么办?告诉我嘛。我好孤单。
> 今天,我把你的信藏在胸罩里,上街买东西。

就是这些支离破碎的语言,同样令我恍惚,令我沉溺。

我和伦子相恋,正是所谓的婚外情。但至少在我的意识当中,没有什么罪恶感,也没有被其不道德性泼冷水,相当不可思议。这或许是因为,我知道伦子的老公并不爱她,而是爱着别的女人。即便如此,有时候冷静下来想一想,我和她的感情无疑是有违道德人伦的,正因为如此,这段感情时而黯淡无光,时而闪亮耀眼。那滋味尝起来,就像是带一点苦的蜜糖。

伦子的心似乎也恢复了平静,她曾经在信中这样写道:

您真是一个可怕的人,罪孽深重的人,把我的爱从我唯一的孩子由美身上夺走了,把我从她身边拉走了,让我成了抛弃自己孩子的蛇蝎女人。我恨您……

再看最近的来信,心境还是比较平和的:

不过,我会想着您一辈子的。我在织毛衣,熬夜织毛衣。您懂吗?被家里人知道了可就麻烦了。不过织的时候真开心,就好像您陪着我似的。改天穿一穿呗,我要用它捆住您。穿上毛衣,心里要想着小伦哦。我最喜欢打毛衣了,就是动作有点慢。

有时甚至会寄来逗趣的童话:

不知道是小达还是小伦,提出来要盖一间房子。

深山老林里,大白天的也不亮堂,成天雾蒙蒙的。到处是美丽的青苔。小达爱出汗,所以他说:"咱们把房子盖在大树下吧",小伦爱洗衣洗澡,所以她说:"还是清清的河水边好。"两人意见不统一。走了一阵,眼前有一棵好大的枫树,枝繁叶茂,树下流淌着一条美丽的小河。两人都很中意这里。好巧不巧,边上还有一个大山洞,两人便住了进去。

之后,两人白天在山里一个劲地砍木头,晚上去遥远村落的木工作坊,捡拾掉在地上的钉子,装进好大一张荷叶里,吭哧吭哧搬回去。一个月过去,带山洞的木屋盖好了,漂亮得不得了。

两人拿出小达早就酿好的松叶酒,庆祝新居落成。小伦跟往常一样,独自坐在家门口小河边的大灵芝上,在面前的一块大石板上喜滋滋地准备饭菜。她心里乐开了花:"多棒的屋子呀。有山洞,有枝丫撑在清清小河上的大树,还有两人一起盖的屋子。连灵芝凳子都给我安排好了。这才是我们称心如意的家!"

而小达呢,这一个月来埋头干活,累得浑身大汗。时间不知不觉间流逝,他心里有些空落落的,总觉得缺了点什么。忽然,他大声嚷嚷道:

"小伦!不得了啦!我俩还没洞房呢。"

小伦听了大吃一惊,刚刚还在偷着乐,如今全身的神经都绷紧了。的确有洞房这回事,小伦也没忘。她小声嘀咕:"这要是在做梦该多好啊,人生不如意十之八九……"同时却顿了一顿脑袋,答应了。

小达原本以为这一关不好过,没想到小伦这么快就应承了,惊得目瞪口呆,倒也没忘催促:"快快快,越快越好。"

喝了松叶酒,吃完晚饭,一轮大大的月亮映在河面上。两人用柔软的荷叶铺成一张床,躺在上面。小达心想:"今晚要舒舒服服睡上一觉。"而小伦心里想的是:"今晚肯定睡不好觉了。"

过了一段时间,荷叶上流淌着白白的、浑浊的东西。小达一副"我是男子汉"的表情,睡着了。小伦悄悄地闻了闻荷叶上那一摊白色的东西——好大的腥味!她大吃一惊,丢了魂似的跑到屋外,哭了起来:

"小达真坏!小达真坏!"

她觉得自己的皮肤上必定是发生了某些不可挽回的变化,比如长了斑。于是跑到河边望着水中自己的倒影,东瞧瞧西看看。潺潺流水上月光闪闪。小伦为自己和小达感到难为情,丢死人了。她自言自语：

"本以为小达偏重精神生活……还不是野兽一样的男人。"

她跪在青苔上，诚心诚意地向月亮婆婆祈祷：

"请把我变成美人鱼吧。"

这是小伦小时候的愿望。

而小达也觉得自己做了什么对不起小伦的事情，假装睡着，望着窗外小伦的一举一动，心想：

"小伦，我会让你幸福的。洞房的次数也要再多，再多一些哦！"

没错，我和伦子睡了好多次。论睡着的次数，实际上伦子比我还要多。她常常把脑袋靠在我的胸口，睡得又香又甜，发出"咕咕"的鼻息声（这是她自己形容的）。我担心超时，企图唤醒他，她便说"小伦还困"或是"再给我十分钟，求你了"，说完又"咕咕"地睡着了。这时的伦子是那么可爱，简直是个小女孩。

有一回，我甚至被她挤到地上去。那天夜里，她老公出差不在家，我也给自己安排了值班，横下一条心在外头住了一晚。两人入睡后不久，我觉得有点难受，醒了过来，原来是已经睡熟的伦子（"咕咕"的鼻息声宛如鸽啼）朝我这边翻了个身，挤着我了。我不忍心唤醒她，再者我自己也是困得意识模糊，便自然而然地往边上靠了靠……早上醒过来，才发现自己躺在榻榻米上。这件事逗得伦子笑个不停。伦子动辄掉泪，若我睡觉时滚下床去能让她破涕为笑，那我滚多少次也乐意……

我和她之间那些拉拉杂杂的琐事，对于我来说是珍贵无比的回忆。现在回想起来，她的一颦一笑、举手投足，或刺痛我心，或令我欢欣。

某一天，参宫桥附近的那座大宅子里举办舞会（就是我第一次给伦子看荨麻疹的地方）。时值初夏，我和伦子相识已数月。伦子邀请我去。我说：

"我堂姐会参加吧？我主动送上门去，那多不自然。大家都知道我不爱好这种活动。小伦，你去跟她吹吹风，设法让她来约我。"

伦子出色地完成了任务。我接到了堂姐的电话，形式上，我是被堂姐生拉硬拽到舞会的。早先见过一眼的大厅，如今布置成了舞池。大学生乐团正在演奏。再看那间当时给伦子治疗荨麻疹的会客厅，里头摆了一张大桌子，堆满啤酒和果汁，以成本价出售。

来客逾百人，伦子临时充当售货员，站在大桌后，忙着给顾客撬瓶盖。

说来也巧，这时堂姐对我说：

"跳舞你不在行。不如去那边，给小伦打下手吧。"

一种奇妙的优越感突如其来，我真想吐吐舌头做个鬼脸。自我感觉一贯良好的堂姐对我颐指气使，她哪里知道，自己扮演了拉近我和伦子的红娘，亏得我起初还担心自己的处境：来的都是生面孔，不方便接近伦子，只得心焦气躁地远远望她。

现在好了。我和伦子并排站在桌后，往客人的纸杯中倒啤酒和果汁，收钱找零。我不由得产生一种错觉，喜上心头：我俩就像是夫妻，开了一家小餐馆，开开心心地过日子。

"来这么多人。"我心想，"估计有人是冲着伦子来的。没有人会觉察到我和伦子其实最亲密……其实我俩是情人关系。"

我时不时趁空喝酒，伦子也是。这时，发生了这样一件事——

伦子不小心把我递给她的硬币掉在地上。硬币滚进大桌子底下，伦子弯腰去捡，我也蹲下去看。桌下漆黑一团，我挪动手指，去找不知去向的硬币，突然触及从另一边挪过来的纤细手指——是伦子的手。两人的手旋即紧紧相扣，在黑乎乎的大桌下保持跪着的姿势。

"我想亲一下。"伦子在我耳边悄声说道，声音小得跟虫子似的。

我趁着醉意，果断付诸行动。就在这时，我看见了一个男人的身影——就在桌子的那头，像我和伦子一样蹲着，窥探桌下。面朝我的伦子自然是看不见的。这个人立刻站起身，我的眼里只剩他的两条裤腿，迈开步子走远了。我的心脏怦怦直跳，慌忙挽起伦子的胳膊，若无其事地起身环顾。好像没有人在看我俩。

"怎么了？"

"刚才和你牵手被人看见了。可能是你老公。"

"我老公才不会来这儿。看清长相了吗？"

"看不清脸。这个人特地蹲下来看，肯定在怀疑我们的关系。"

"你别紧张。没事的。"

伦子一脸坦然。我再次心生感慨：关键时刻，还是女人胆子大。

此后我又灌下不少啤酒,没付钱,更觉得意。大家都有了醉意,场内一片闹哄哄的,几个与伦子相识的年轻人走过来买啤酒和果汁,还约她跳舞。

"小伦,来跳一支?"

"今天我专管酒水。"

小伦拒绝了他们,这又让我得意扬扬。夜深了,客人陆续动身走人,我和她的酒水摊也萧条了。这时我和她跳了一支舞。跟随我不稳当的舞步,她柔柔地、小心翼翼地迈着步子。我觉得像是在做梦,心里的每一个角落都被填得满满的。

困苦终有尽时,幸福亦无永久——当时的我,把这个真理忘得一干二净。

第三章

时间不知不觉中流逝,季节更替也默默地在这个德国的大学城中发生。时值结冻的严冬,天色暗沉,研究所的工作我不上心,倒是把夜晚的大部分时间投入了写作。

以往,我的写作是比较随性的。而如今,我重读吕贝克作家的作品,决心在将来的写作中严格斟词酌句。比如描述一件物体,无数的形容词当中,会有一个乃至三四个最为贴切的。我要做的,便是精益求精,必须最精准地刻画事物。其次,和对象保持距离也至关重要。追求活灵活现的表达,反倒要求我的精神保持冷静和清醒。

虽然进展缓慢,我最终写就了大约一百五十来页描写更加细密灵动的原稿,寄往日本。先前发表的两部短篇小说,虽然没有激起什么反响,但报纸上登了两三篇给予本人作品善意评价的文章。出版社将这些文章邮寄给我。拜读时，我的心里五味杂陈——这些评论的观点有失偏颇，个别地方甚至完全曲解了我的意思。话说回来，人都喜欢听好话，我的虚荣心由此得到些许满足。可以肯定地说，这种表扬会点燃作家的创作欲。

眼下，我低迷多时的写作事业总算是步入正轨（这份差事从某种意义上讲，和工人干体力活差不多），而我在研究所的工作状态却与之成反比——消极怠工，时常迟到。在极度守时的德国人眼里，我渐渐沦为异端分子，一个走上歧途的人。不过，我并没有因此消沉，反倒有一种奇妙的满足感。

斗转星移，季节更替。

三月末，民宅院墙边，报春花开始绽放白色的小花蕾，但要说春天来了还为时尚早。进入四月，番红花开出黄色和紫色的花朵，天空这才有了些春色——这里的春色和日本的春光个性不同。尽管天气晴好，但空气中总是荡漾着薄薄的雾。蒂宾根周围那些曲线动人、带阴柔之美的山丘，也被薄雾遮掩，无法览尽全貌。这朦胧的春光倒是甚合我的心意，感觉自己深远的往昔就飘荡在彼处。

户外依然是寒气侵衣。毕竟在蒂宾根,从九月到次年五月都是要生炉子取暖的。总算到了五月,苹果树、樱桃树、李树等一齐开出白色或淡红的花朵,昭告冬天已远。栗树花开得稍晚些,用白色和粉色装点着这座小城。体型如小鸽子一般大的黄嘴黑毛的乌鸫,在灌木丛间轻巧地飞来飞去,发出其特有的尖啼。这种鸟不擅高飞,小碎步跑在草坪上的模样很可爱。

内卡河的岸边,满是享受日光浴的大学生。每周五在市政厅前广场开一次的市集,也越发热闹起来。五彩缤纷的遮阳帘布下用来出售的蔬果和鲜花,手提硕大的购物篮成群结队的家庭主妇……我穿梭其间,漫无目的地走来走去。这里明明是自己居住的熟悉的小城,却有一种人在旅途的情绪涌上心头。

周日上街散步。蒂宾根民宅的三楼四楼大体上是租给大学生住的。眼下这些大学生将百叶窗大开,坐在窗边沐浴阳光,俯瞰小城春色——他们总算是从漫长的冬季中解放出来了。

这段时间我已经不大在研究所的食堂吃晚饭了。那里实在是太清洁齐整了,而且晚餐时间只提供冷食。最主要的原因,是我作为一介异类,待在那里浑身不自在。我转而去一家名叫"卡普林茨"的古老的学生餐厅。这里的餐具与众不同，用的是陶瓷盘子，晚餐时间还提供热食。这家自助式的餐厅总是人声鼎沸，最可宝贵的是，当中洋溢的蓬勃朝气给予我良性的刺激，乡愁却也与日俱增，在家吃生鸡蛋拌米饭的次数也比以前多了。这里我详细讲一讲存放鸡蛋的地窖。

赫尔加大婶的地窖有两层。上层堆煤，衣服也是晾在这里的。下层则用来存放一切食物，是个大仓库：靠着三面墙，搭建了隔成好几层的简易架子，与书架十分相似，尤以其中一面墙最为壮观——满满当当地摆着腌菜罐子和水煮水果的罐头。草莓、芸豆、胡萝卜、樱桃、青豆、酸菜、桃子、苹果……大大小小的瓶瓶罐罐上贴有制造年份标签，全都是赫尔加大婶精心制作的。年份最早的，竟写着"1950""1951"年。另一侧墙的架子上，则摆了各装有小苹果、鸡蛋、酸奶油、土豆、纯麦面包（细细嚼，能感受到浓郁的谷物风味）等食品的箱子。再看地板上，装有苹果汁的瓶子横放在地，还有结结实实地塞满了矿泉水瓶的箱子。

即使在夏天，地窖也是凉飕飕的，就像冰箱，给食物保鲜，称得上是德国人稳健生活的源泉。有时，我会觉得这里和书库很像。回想当年父亲的书库，一旦有可疑的"外物"闯入，无数的书便会一齐竖起耳朵，悄悄地望过来。这个地窖也给我相似的感受。进去取鸡蛋时，那些瓶瓶罐罐便会相互递个眼色，然后刷啦啦齐齐偷瞧我。

清冷的空气，黯淡的微光，占领了地窖的每一寸空间。伫立在这昏黑之中，我格外强烈地感受到自古以来便凝滞不前的时间，以及令人类显得渺小脆弱的所谓"历史"。

说起来，这座大学城的代表——克雷奇默教授，已经不再授课了。现在他的头衔是名誉教授，不用讲课，但他在神经研究所还是有一间独立的办公室，每周只来两次。事实上，不少助手门徒已经疏远了这位老学究。

在夏季到来之前，我便做了决定：于当年的深秋时节结束在蒂宾根的工作，返回日本。到那时，来德国留学正好三年整。这次留学绝对谈不上成功，但它至少让我认清了这辈子该走的路，意义就在于此吧。至于伦子，我不但没能忘记她，反倒更加想她了。但我已经有了自信，回国后不会给她写信，也不会找她重温旧情。

夏天来临了。这里的春秋两季真的很短——说到底,只有漫长的冬季和比冬季短得多的夏季。初夏时节,我去了一趟苏黎世。反纳粹的吕贝克作家被祖国驱逐出境,在美国落脚。二战后,美国也待不下去了,移居瑞士,在那里结束了他光荣又充满苦难的一生。我此次旅行的目的,是去瞻仰他的坟墓。

从苏黎世搭乘颇有些年代感的列车,一路摇晃着抵达屈斯纳赫特,坐上横渡湖的游览船,到达基尔希贝格。从码头出发,在弯弯曲曲的陡坡上走三十来分钟,身上出了些汗,我此行的目的地——那座教堂的尖塔进入视线。

不一会儿,我便找到了那座墓。白色,长方形,周围是美丽的鲜花(周围的墓同样如此),墓碑上用拉丁文数字刻了生卒年,平凡而低调,毫无夸张虚饰。我伫立良久,注视着墓碑上的文字。不远处,是汩汩的清泉。回首望,是粼粼的湖水。

别出声!这心跳是怎么回事?长时间攀爬陡坡所致?不是。君不见,多少年来培育我精神的旋律,不正荡漾在墓的四周吗?

"我来了。从一个遥远的国度。"我对着墓碑低语，半是下意识地，"我之所以来这里，是因为您的作品第一个唤醒了我。每每读您的作品，我或沉潜反复，或心动不已，或忧郁，或激昂，惊叹于一切美好、一切温暖、一切谐谑，也为憧憬和怀恋某种事物而抽泣呜咽。是您教会我什么叫'人性'，任何意义上的。我是个东洋人，传统、习俗、体质都和您不一样。但您不是说过吗？通过叙述己身来叙述世界者，才是所谓的诗人。"

往事萦绕心头，我热泪盈眶。站在坟前低诉的，并非我一人，早年恋慕的几个少男少女的身影就在我身后。当然还有你，伦子。我深知此事断然不会发生，还是无法摆脱这个错觉。

泉水轻漾，鲜花美好，墓碑寂然无声。我忘了时间流逝，低头许愿。

伦子，你给了我许多喜悦和陶醉，同样地，也带给我诸多痛苦和悔恨。就拿我某一天的经历来说，那件事于我简直可以用残酷来形容。

那一天，我和伦子相约在傍晚看电影，说好在东京站前碰头。我们约的地点是八重洲出入口，但我错记成丸之内出入口。早已过了约定的时间，她还是没出现（这是当然的）。此前也有过几次伦子因为家中有事而爽约的经历，所以我还是耐心等候着。直到超过约定时间足足五十分钟的时候，我陡然发觉是自己记错了。"伦子还在等我吗？"我没命似的往八重洲那边赶。

到了那儿，我见到了伦子的身影，心中喜悦无言以表，脸上顿时绽放出笑容，三步并作两步冲去——我的脚步戛然而止。伦子不是一个人。一位高个子绅士（我立刻反应过来，这是她老公。之前她给我看过她的全家福）站在一辆计程车前，搂着伦子的肩膀坐上了车。

汽车发动，扬长而去，只留我呆立在原地。弄错碰头地点，错在我，但伦子想必是觉得我不会来了，转而给她下班的老公打电话，两人约在这里碰面。对于我的推测，伦子事后极力否认，说那完全是偶然。世界上怎么可能有那么巧的事？

我缓过神来时，不甘和嫉妒涌上心头，几乎要把我吞噬（我明知闹情绪是很没道理的）。人行横道的灯变绿，行人陆续开始过马路。我不知道该去哪里，只是随大流走。到了马路另一侧，我闷头快步在高楼大厦间，瞥见街角有卖报纸的，继续向前。

"伦子当初说和老公处得不好，肯定是胡说八道。"我咬着嘴唇想,"她在家肯定很黏老公,否则也不会专门叫老公出来,两人一同去别处的……"

我气得五内如焚。走了好多路,情绪逐渐平复,愤怒变成深深的悲哀:我到底打算和那个女人交往到什么时候?不知道。什么都不知道。我依然埋头走路,恍过神来时,发觉自己回到了刚才路过的报摊前。

独自一人徘徊在黄昏的街头也不是个办法,何况时间尚有富余,便决定去看当天的电影。一个不好,会在电影院找到伦子夫妇俩,偷偷观察他们……

我不但没找到伦子的身影,还因为这部电影再次伤了心。这部名叫《终点站》的电影,讲述的是一段发生在罗马的短暂婚外情。电影临近末了,有夫之妇丢下短暂爱过的男青年,启程返回丈夫和孩子翘首盼归的故乡。在拥有巨大穹顶的罗马车站内,两人起了冲突,看得人心惊肉跳。冲突好不容易平复,有夫之妇乘坐的列车已经开动,携带行李与之一同上了车的男青年随后惊险跳车,摔倒在地。火车渐渐驶远,男青年缓缓起身,慢吞吞地离开站台——他拖曳着雨衣,眼神空洞,表情虚脱……

这是一部感动人心的好电影,但在当时,我的心情简直就是屋漏偏逢连夜雨。

"起初没和她见上面,的确是我的责任。"我想,"可竟然来看这种电影,这不是自讨没趣吗?"

我甚至不想再见伦子。然而事后不久,她主动来找我,我俩和往常一样见了面。面对不高兴的我,伦子又是辩解,又是道歉,又是央求:

"那是你误会了。我真的是碰巧遇见老公的。"

"选了那部电影是我的不对。如果知道是那种电影,我怎么可能约你呢?"

我板了好长时间脸,最终还是输给了她。看着她那如怨如诉的眼睛、她的嘴唇,我再也发不了火,抱住她,在她的耳边说一句老话:

"我爱你。"

不用说,我和伦子幽会,必然会遇见此类障碍。有时候苦等良久,伦子还是不出现,我打电话给她,被告知老公突然回家,来不了了。又或是电话那头冷不丁传来一个粗嗓门的男人声音,我心头一紧,赶忙挂了电话。

总而言之,我和她看似相当大胆而无所顾忌,但看得深入一些,就会发现这是一段危险脆弱、如履薄冰的爱情。但反过来说,这种关系令我深陷其中不可自拔,也是不争的事实。

后来有一天,伦子曾经对我说过这样一句话:

"前段时间,老公突然就来了一句:你知道'戴绿帽子'是什么意思吗?我当场起了一身鸡皮疙瘩。"

我也起了一身鸡皮疙瘩。不过说来也怪,我没有什么罪恶感。

从苏黎世回到蒂宾根之后,我收到出版社来信。信上说我以前发表的一篇短篇小说入围某最负盛名的新人文学奖,先前那一百五十页的原稿已经排好版,万一我获得新人奖,依照惯例,这部一百五十页的作品便会被当作获奖后首部作品来刊登,故不刊登于这期杂志上,还说期待着我的下一部作品。

大概是我身处异国他乡,远隔重洋的关系,读信时我的心情冷静极了。那部短篇小说篇幅过于短小,不过是习作罢了,获奖几无可能。关键是对于高不成低不就的我来说,获奖或许不是什么好事。拿奖的事以后再说,当务之急是磨炼自己的创作手法,使之更加精炼纯粹。

不过,我无意马上投入写作。我的德国留学生涯接近尾声，要充分利用有限的时间多去旅行，充分沐浴夏天的阳光，给精神注入活力。

我很早便计划了北欧之旅，但决定把旅行推迟到秋天。原因是这样的：距离吕贝克不远的地方有一个著名的海水浴场特拉沃明德（《布登勃洛克一家》和《托尼奥·克勒格尔》的读者想必是非常熟悉的），夏季的特拉沃明德人山人海（我在杂志上见过照片），实在不适合寻旧访古。

事实上，我有意在近期写一写信州的山，便选择了蒂罗尔的山区作为此行的目的地，意在观此思彼。有一位日本留学生提出与我通行（当时蒂宾根的日本留学生不多，相互关心照应），也被我拒绝。我认为，只有孤独的旅行，才能让某些东西在灵魂中发酵。

我决心与他再访苏黎世。他的目的地是少女峰，我也算是尽了情分。再者，苏黎世离奥地利的因斯布鲁克比较近。只不过我一路上必须频繁换乘：萨尔甘斯、布克斯、费尔德基希……火车有慢车也有快车，若非车站工作人员热心地把换乘方法写在纸上，我是断然到不了目的地的。

在布克斯车站，站在小吃摊边，就着啤酒吃了夹火腿的面包，权当这一天的晚餐。之后去了站台等待下一班列车，左等不来右等不来。不远处的铁轨上，停着一列锈迹斑斑的货车，目睹之，寂寥感油然而生。时间正值黄昏，远处岩山下方的树木呈现黑色，上方裸露的岩肌则呈现砂石一般的颜色，也被短暂的晚霞映成桃红。

列车晚于准点时刻二十分钟出发，有人来检查护照了，只是粗略地看一眼，毫无越境出国之感。到达因斯布鲁克时已经将近十一点。我着实累了，便走进车站前一家门面相当雍容华贵的大酒店。冲了个澡，早早上床，临睡前，我站在窗前朝外望，这座位于蒂罗尔地区中心的城市上空，挂着一轮遍洒清辉的明月。

次日，我起得很晚，在餐厅吃了一顿早餐连午餐。这时对面坐着老人开了腔：

"你是意大利人吗？"

我回答是日本人。老人大声惊叹道："嚯，我还是头一回见到日本人呢。"

我还没决定去哪座山。在酒店的前台多方打听，最终决定乘坐市内电车前往登山电车的车站。离下一班电车发车还要等好久，我便坐在长椅上干等着消磨时光。身旁两个年轻人你一言我一语地说着什么，其中一个忽然搭腔：

"你是日本人吗？"

我点了点头。年轻人得意地说，他朋友认为我是南斯拉夫人，他认为我是日本人，两人打赌，现在他赢了。到了蒂罗尔一带，我在当地人眼里可能是这国人，也可能是那国人。

涂成红色的登山电车古色古香，让我不禁回想起日本箱根登山电车的驾驶席。车辆开动，车厢四处嘎吱作响，发出沉闷的轰鸣。引擎加大马力，轰鸣声变大，像一大群熊蜂嗡嗡振翅。音响效果的确是惊心动魄，速度却慢得出奇。

农田、草地、树木、小小的民宅，一切是那么鲜明可爱，宛如童话世界。白色的蝴蝶悠悠地在草原上翻飞。上中学时，我沉迷于昆虫采集，要是以前的我，必定是不管三七二十一，一心想着要捕获它了。后来，伯父家毁于一场空袭，我那总数超过一百盒的昆虫标本也化为灰烬。去信州上高中后，我不再采集昆虫了，只是在看到珍稀或美丽的品种时，会由衷地赞叹。来到德国后也是如此。

登山电车不时穿过隧道。车厢内不开灯，漆黑一团，车前大灯的光线也是极其微弱，仿佛整台车即将驶入世外桃源。这念头令我有些激动。

我担心终点站附近没有地方可住，姑且在山脚的村落下了车。有几间民宿风貌的建筑进入视线。我放下背包和行李箱，走进其中一家瞧瞧——很幸运，空房只剩一间了。额头上长肿包的大叔领着我进房。真宽敞，有两张床，角落甚至还有张婴儿床。我担心价格，没想到换算成日元只需四百，还是包含早餐的。店家说若是在淡季长期住宿，价格更便宜。我心满意足，甚至想给大叔额头的肿包行个礼。

我稍稍整顿行李箱，只背了背包走出旅馆，打算步行到登山电车的终点站看看，再决定明天的安排。天气晴好，阳光充沛，我穿着半袖。走到终点站，看见许多酒店宾馆，果然这里才是登山爱好者的根据地，这里有能到达海拔两千米处的登山吊椅，当天时间所剩不多，就不坐了。

山地天气多变，晴空忽地布满阴云，"啪嗒啪嗒"下起雨来，转眼成了滂沱大雨。我带了把小伞，根本没用，便躲进一家咖啡馆。当中挤满了避雨的人们，根本没空位，我将就着在厨房门口啃蛋糕喝咖啡。咖啡中加了好多奶油，鲜美可口。

大雨下了将近一个小时，一转眼就停了，令人不敢相信。山上的岩石映着夕阳，空中挂了一弯很大的彩虹，大得将远处高耸的群山全部搂住，两端踩在地平线的低矮山包上。我正朝着登山电车的车站急急往回赶，身后忽然涌来浓雾，眼前的路一下子看不清了。

好久没有接触这瞬息万变的山间气象了，我心陶然。因为此时此刻，在信州山中徒步的记忆悄无声息地从我内心深处涌出。细微的体验，被滤去了杂质，以一种净化了的形态呈现出来。吕贝克作家不是说了吗——"框定范围，去除冗余，精心塑造，终得大成。"

回旅馆，向掌柜请教了本村唯一的餐厅所在，在八点前出了门。这时，教堂的钟声响彻四方，走出教堂的人挤满了整条街。感觉整村人都是虔诚的信徒。

到达氛围颇佳的餐馆，不料八点就停止供应了。店家说冷餐倒是有的，我便点了香肠和面包，就着啤酒简单果腹。

夜里，客房很安静，万籁俱寂，只有我自己发出的动静。才九点半，来投宿的旅客没发出半点声响。

这也是这一带人的习惯，我觉得他们已经睡熟了。

"一群健全又善良的人。"我心想，又对自己说，"而我恰恰相反。"

这句话含一些内疚的成分，又有某种不可思议的自豪感。

房间里静得出奇，我在笔记本上写下备忘。一种可谓是"甜美的孤独"的状态来了。记忆中的往事、对于创作的热情和恐惧，相继造访了我。

这个村落当中如童话世界一般可爱的民宅，和某个时期的伦子的身影相叠。我和她的恋情时不时遭遇严酷的现实，但偶尔也会有这样的错觉：我依然是个青葱少年，我徜徉在梦的世界。

我和她同去井之头公园是几时的事情？好像是两人相识的翌年春天。天气微寒，伦子穿了一件厚厚的毛衣。毛衣是白底的，上面有宽宽的红条纹。而且她还戴了一顶白色的毛线帽子，俨然是去滑雪的打扮。身材娇小的伦子看上去只有十来岁，至少在我看来，真是可爱得不行——就算是住在森林中，孤零零地坐在灵芝上，也没什么不自然的。

我们一同乘电车。大概是我多心吧，乘客的视线似乎都集中在伦子身上。我很难为情，以至于坐在距离她好远的地方。"那边的那个女人和我最亲密。"我觉得自己像是在做梦，有些不真实，又有些自鸣得意。

到公园后，我们乘上游船。游船和我的趣味相去甚远，但眼下既然是和梦幻中的少女在一起，乘游船也是自然而然，合情合理的。我笨拙地摇桨，船桨有时被水草缠住，动弹不得。在梦境中，这也是极其自然的，事情往往会停滞，甚至倒流。

湖水中时不时冒上一些细碎的气泡。

"那些泡泡是什么呀？"伦子说。她的声音很含糊，像是来自遥远的过去。

我没作声，只是望着荡漾的波光。

"哎呀你瞧，有虫子！"

果然，水栖虫类活动着。敏捷地浮上水面转眼又下沉的小型龙虱，在水面画着圈的水黾，还有倒立浮沉的仰泳虫。

"哎呀，有鱼！是鲫鱼吧？"

全是无知少女天真的提问，默默听着她说话的我，或许只是个少年吧。我有这样一种感觉，坐在我近前的这位身着厚毛衣的女性，其实只是个少女，对于男欢女爱一无所知。然而，我却好像拥抱过她那柔滑的肉体，多么不自然，不合情理啊。或许正如伦子在信中说的那样，我和她适合在林中小河边盖房子生活。

下了游船，走进公园的麻栎林里。当年，那一带是好大一片人迹罕至的麻栎和枹栎林，看不见尽头。树木齐齐吐新绿，树下仍旧铺着去年的枯叶，踩出一路脆响。

"麻栎树小伦最喜欢了。"少女说。

"我也喜欢。不过，我们住的那棵大树，在哪儿呢？"

她马上理解了我的玩笑话，兴高采烈地说：

"好像没有灵芝呀。"

"这里好安静。"

"亲一个？"

就这样，我把自己的嘴唇盖在无知少女的嘴唇上，略有迟疑。这时候，在我心中，这个梦中少女渐渐地改变模样，成为有着柔软肉体的二十来岁的女性。我的心情陡然一变，欲火焚身。

即使在这里，我也看到了一家打着"休息处"招牌的民宿。

"去那儿吧？"说这话时，我的心中充满了

羞耻。

脚下落叶"嚓嚓"作响,树枝间小鸟啁啾。片刻,耳边传来一个极度害羞的声音:

"嗯,好呀。"

我倒希望是幻听。然而,虽然声音又轻又小,却是我亲耳听到的。

盛夏时节在列车上度过的夜晚,也是难忘的。前后一连三个夏天,我和伦子同乘深夜的列车旅行,目的地是轻井泽。

伦子家在轻井泽有别墅,她在那里度过大半个夏天。我和轻井泽没什么因缘,倒也在那里和朋友合租了民宅的一间房子,多半是为了每个夏天与伦子共赴轻井泽。所幸我所供职的大学附属医院每年有四分之一夏令的假期,医生轮流休息。

每年夏天,伦子数次往返于东京和轻井泽之间。她独自一人从东京动身时,倘若碰巧我休假,便能与之同行。她总是乘坐晚上十一点多发车的那一班,这样就能在拂晓时分到达轻井泽。伦子把肉、蛋、蔬菜等塞进大号的点心盒子带上车,当作配威士忌的下酒菜。列车开动后不久,她就打开点心盒,吃喝起来,有时还分享给对座的人，跟他们聊聊天。

这时我和伦子就扮演起夫妻来。伦子戳了戳我的侧腹，在我耳边悄声说"拿个本子来"，接过我递去的记事本，在上面写了些字。我一瞧，写着：

"你好差劲，一点儿都不像我老公。"

再怎么说也是深夜，对座乘客坠入梦乡。我和伦子毫无睡意，两人依偎，你侬我侬地聊了一整晚。基本上是伦子在说话。

火车驶过横川临近山区，夜空往往已经露出微白。穿过几条隧道，看见青翠欲滴的山谷，雾气就像烟一般在山谷间游走。

伦子见状，紧紧抓住我的胳膊，眯着眼激动地说：

"你看你看，好漂亮！"

耳畔单调的列车行驶声中，时而夹杂暮蝉的鸣叫。到达轻井泽之前，会在一个叫"熊之平"的车站停上一阵。走到车厢外，就听见暮蝉的大合唱。一刻不停的蝉鸣听着有些悲切，令月台上的空气凉丝丝的。伯父的山庄所在的山中也有不少暮蝉，我自小就对它们的叫声了然于心。如今这蝉鸣，在我心中撩起一波乡愁。而伦子就在我身边这个事实，更是化为强烈的欢欣和感慨，如潮水一般奔涌而来。

列车很快就到了轻井泽。相聚有多么愉悦，离别就有多么辛酸。尽管如此，我和伦子还是在距离别墅很远的地方下了计程车，并肩在落叶松林中的小路上走一段。两侧的树篱下，青苔高高隆起，我俩有时坐在上面，拥抱抚摸十来分钟，感受对方的存在。但好景不长，过了一会，伦子那娇小的身姿便消失在一座山间简易旅馆风貌的大宅子中。

我也拎着自己的行李，慢吞吞地返回车站，在那里打车前往位于西区的出租屋。

虽说我和伦子的住处相隔遥远，但总归在同一片山地，两人却几乎没有幽会。伦子家中宾客如云，她只得埋头招待，再者轻井泽的老城有不少熟人，不可能肆无忌惮地在那里会面。

我来到轻井泽之后，反倒更加孤独了。与我合租的人是我文学上的伙伴，和我同属于一家同人杂志，年龄也相仿。他说两人若住在一起就没法搞创作了，便在我逗留轻井泽期间返回东京。主人家提供主食，早晚都是一大碗米饭，饭上添一些酱菜，送到我房间里来。我自备配菜，早餐是腌鱼腌肉，夜里或是开罐头或是去肉店买一份油炸猪排草草果腹，中午则常常步行去杳挂镇，在车站附近吃荞麦面。

除此之外，我很少出门，进行着拙劣的创作。夜晚，独坐书桌前，见窗外无数蛾子趋光而来。时不时听见"啪嗒"一声，金龟子碰上窗玻璃，掉了下去。我想起早年在伯父别墅的阳台上经历的一场视觉盛宴，五光十色的虫子绚烂夺目，令我深陷其中不可自拔。如今，我的心中没有年少时的那份仿佛置身梦中的感动。或许，我已经失去了童真，心灵变得脏污了。

清晰地记得，那些日子的夜晚，我的心情是焦虑烦躁的。我的小说无人赏识，而我和伦子的恋情，说到底也是短暂的一瞬，而且绝无可能开花结果——对于这一点，我是再清楚不过了……

说回我的蒂罗尔之旅吧。我在蒂罗尔山间逗留了四天。谈不上是登山，不过是信步闲逛罢了。有一天，我去了村头的登山吊椅，往上走了一段。前往吊椅站的途中，遇见一片菊科花朵丛生的大草地，我便躺在花丛中小憩片刻。白云凝冻于朗朗青天，我的脑袋被或黄或红的花瓣包围，虻"嗡嗡"地悄然靠近。一阵风吹来，花朵摇曳，虻飞走了，只留下慵懒的寂静游荡周身。这时，一种深不可测的寂寞和不满足感突如其来,不可抗拒。因为,伦子,我找不到你的身影。

但是,对于选择了我这种活法的人,孤独将是生命的一部分。我这份对于伦子的眷恋,说不定会在遥远的将来化为一份丰盛的回馈。我将获得冷眼谛观的能力,即使如此,这种能力也会在我的心中留下一份孩子气的,同时也是接地气的温情。我希望自己童心永驻,也希望自己身上永远留存一种"俗气"。因为,这与热爱生命、热爱人类紧密相关。

说到温情,走在村中,无论是老是幼,会面时必然以笑脸相迎,以"Grüß Gott"相互问候(腔调和蒂宾根不同)。耳闻目睹之,心情舒缓起来,人也变得和气。这次短暂的逗留,几乎让我恢复了对大地和人类的信赖。单说那位额头上有肿包的旅馆大叔,即便我睡懒觉,他也会笑眯眯地给我热咖啡。他问:"要牛奶吗?"见我点头,又会花功夫为我热牛奶。

总在旅馆院子里晒太阳的德国老夫妻,说是老爷子为了躲开汽车而摔倒,弄伤了膝盖。我立刻返回房间,取来青霉素软膏给他们——来到这片土地,我陡然成了一个热心肠的人,并且乐在其中……

说回登山吊椅,大概是天色不早的缘故,乘客寥寥。吊椅在色泽黯淡的冷杉林上方缓缓上行。松萝附着在冷杉的枝干上，或缠绕或垂挂，很有深山老林的感觉。形似梧桐的树木、山毛榉等散布其间，时不时能看见砍伐后留下的粗大树桩。看见几头牛，果然又看见了栅栏，还有堆放干草的小屋。

我中途下了吊椅，换乘了继续上行的吊椅，到达终点。这里是一片草原。右手边，隔着山谷，另一条巨大的山脉横亘眼前。其景观恰似从王之鼻的顶峰眺望北阿尔卑斯。再往上走，草原绝了踪迹，取而代之的是锐利锯齿一般的绵延岩山。我慢悠悠地迈着步子，无心登顶——毕竟我来这里的目的，是浸淫在这清透的山间空气中。

此外，一旦涉足岩石多的地方，就跟踏在黏土上一样滑溜溜的。穿着普通的鞋子继续往上攀登，恐怕并非易事。从山上下来的人，或多或少装备了登山的行头。有的人头戴蒂罗尔登山帽，背着背包，脚蹬厚重的登山靴，有人甚至拿着冰镐。即便是轻装者也穿着帆布鞋。一个下身短裤上身赤裸的壮年男子精神抖擞地赶超我，走到前头去了。

细窄的道路依山崖往上延伸。我看见了牛粪。牛会一直走到这儿吗？我又看见一群少男少女下山来。他们都穿着短裤,红袜及膝,要多可爱有多可爱。

"啦啦——啦啦——啦——"

他们不停地回头呼唤同伴,此情此景充满诗情画意。我听见其中一名少年呼唤别人的声音:

"喂——托马斯。"仿佛吕贝克作家也随我来了这里。我会心一笑。

岩石遍地的山路一下子变陡,越发狭窄了。我放弃继续上行。要是在以前,我定然会不管不顾地勇往直前的。这一点提醒了我:我离开信州已经好多年了。且说来德国之后,我度过了三十岁生日,那时起就有一种马齿徒增的感觉了。

来欧洲之前,我被伯母等人怂恿着相了三次亲。地点在酒店的大堂,无聊得很,闲得发慌。这时我想,假如对方的真实长相远不及照片上的那般讨喜,那相亲这种事真可谓是可怕的陋习。然而实际上,我也遇上了给我留下良好印象的女性。我依然没有点头应承,无非是因为和伦子的恋情仍在继续。

伦子也看了相亲的照片,说:

"这位小姐很完美呀。"又添上一句,"祝您和她喜结连理。"

这逗趣的话旁人听着或许有些别扭,而我就是别扭不起来,也真是没辙。

——我慢悠悠地回到那片低头能望见吊椅站点的草原。再往前走,就能看见山下的世界和巨大的峡谷。蜿蜒曲折的多瑙河静静地闪着光,更远处是高耸入云的巨大山脉,山体上,灰白色的岩石和泛青的森林地带微妙地交织在一起。

刚才下山的少年们在这里欢跑嬉闹,其中有一人朝我奔来,说:

"你是日本人?"

我点了点头。他说:

"你有日本的邮票吗?"

我摇了摇头,觉得挺遗憾。

"我有三十来个国家的邮票。还没有日本的。"

少年歪着脖子表示遗憾,说完扭头就走,回到同伴中去。我又沉思一会,独自一人坐上吊椅往下走。途中听见远处的冷杉林中传来轻微的铃铛声,荡漾着难以言喻的诗情,又有些凄凉。我心想,肯定是上山的牛下来了,于是在中转站下了吊椅,朝附近唯一的农家走去。我的身后跟着十来个登山客,想必和我的意图一样。

这所农家其实是一间极其朴素的客栈。屋后堆着大量柴火,男子正用斧子劈柴。我正和登山客们一起喝啤酒,就在这时,上方的树林中出现十几头牛的身影,走在最前面的那头脖子上挂着铃铛,声音清脆悦耳。牛群伴着铃声"哞哞"叫着,极其悠缓地走下山来。劈柴男子从腰间的粗布袋子里掏出白色粉末,托在掌心唤牛来舔。我本以为是盐巴,问了客栈主人的女儿,说是糖。

一个小男孩跑上来,手里扬着棍子驱赶行动迟缓的牛。牛群后还跟着一个少年,高声嚷嚷着赶牛。我以为牛是这户人家的,不料男孩子们继续把牛群往下赶。

"哎呀,快看那!"

就在我身旁,一位穿着裤子、年龄与伦子相仿的女性,拽了拽同行男伴的胳膊。我顺着她的视线望去,看见客栈的下方有个不大不小的水洼,一头大猪正在里头洗澡,下半身沾满了泥浆。赶牛的小男孩跑来,用棍子赶猪。浑身是泥的猪跳出水洼,跑了一圈又跳了回去,敏捷得很。围观者无不开怀大笑。

"真可爱。"

"可是好脏啊。"

青年男女相互依偎，喃喃私语。孤独感又悄悄潜入我的心房——山峦如此俊美，光辉如此灿烂，我的心情又是那么轻松畅快——正因为如此，这种孤独感来得特别快。这么说起来，身后山脉的上空，沉沉暮色悄然降临。

第四章

在相当长的一段时间里,我一个月能和伦子见上两三次面。然而,就在我和她相识两年后,情况发生了大变化——我被派往一个县立精神病院工作,为期一年。

那地方倒是离东京不远,本来休息日就能返回东京的,不料上岗后不久,院长和另一位大夫相继得了结核病,住院治疗。因为这起突发事件,我出于从医者的责任,不能离开医院半步,相当于是被囚禁在这里。半年后才有新的医生来。

医院位于城郊的农田中,设施老朽,寥寥几个护工和护士外加一个医生,要照料全院八十来号男女病人。白天还要出门诊,晚上查完房好不容易消停,深夜又常常会被闹腾的病人吵醒。

我是有生以来第一次遭遇这种处境,别说见伦子了，甚至失去了一切自由支配的时间。另一方面，我在这家医院认识到了精神病患者的神秘性。在这之前，我对此知之甚少。大学医院里，症状形形色色的病人前来住院治疗，但绝大多数是发病不久的新病人。与之相比，这所精神病院的病人是久治不愈的老病号。就拿精神分裂症来说，他们中的大多数，精神已经彻底荒废，和植物没什么两样。

"这种相似性从何而来？"这是一个我经常思考的问题。一群病程已达末期的精神分裂症病人，摆着相同的姿势，靠墙坐在大房间的榻榻米上，驼着背，低着头。

一个天灵盖扁平的男子，双膝并拢，坐得端端正正，成天盯着榻榻米的一处看。再看他身边的那位，姿势与前者相仿，面无表情，缓慢而认真地哆嗦腿，稍事休息，抠一抠右边裤管膝盖处的破口子。他那胡子拉碴的脸上闪过一丝微笑，转眼间又抹杀了任何表情，继续无休止的抖腿行为。此人身边的男子则是一动不动，抱着膝盖，把脑袋搁在两膝之间，尽量地令自身蜷缩硬化。除了吃饭，其他时间是一动不动的，苍蝇爬在他的脖子上，又飞到耳朵上。想必苍蝇也不认为自己正落在一个大活人身上吧。

看着这些痴呆化的人,的确是一件令人心痛的事。然而,他们的心境必然是和我们普通人不同的。内心深处的不安和斗争已经终结,在我看来,他们将在深重的、灰色的安宁中,逐渐变成无机物。任何治疗都难以将他们从这种状态中拖拽出来。他们沉默着,岿然不动,不知无聊乏味为何物,就像沙漠中的石块。

"不。"一个病人一脸不解地抬头望着我,"我不无聊。"

"为什么呢?"

"对啊。为什么呢?"

有一个老病号根本不搭理我。自从我来到这家医院,任凭我摇晃他的肩膀,把嘴凑在他耳边呼喊,都没办法让他哪怕是说一句话。只有在用餐时间,才能见到他起身走路。他的动作快得出奇,第一个抢到餐盘。若不是有人在一旁盯着他,此人定然就地用手抓饭塞进嘴巴,一发不可收拾。吃完饭,他又会神不知鬼不觉地回到原先所在的墙角,恢复原先的姿势,全身心投入外人不明就里的冥想中。

每个病人都坚守自己的位置,无从得知他们的规则是什么。寒冬腊月,极少有人会挨着房间中央的大火盆坐，也不去阳光所及之处，而是一直坐在某个冷飕飕的角落，绝不挪动半步。他们也被冻得瑟瑟发抖，但墙角是他们各自的领地，哪怕是冻死，也不会离开。

有一天，病房里突然起了争执，我碰巧在场。平日里和和气气地并排坐着的两个病人，这会儿正相互谩骂，眼看就要打起来。虽然两人仅隔半米，但双方都没挪动分毫。见我走过去，两人即刻收了声，低下头：

"怎么回事？"我拿出医生的腔调。

一个人抬眼看了看我，咕咕哝哝地解释道："这家伙靠过来了。"

我目测两人之间约莫半米的距离，明白了——其中一人挪了几厘米，另一人认为这是侵略行径。我只得用我这身白大褂当幌子，命令两人坐开一米远：

"动起来！动起来！你坐这边，你，往这边来一点！"

两人一边不情不愿地挪着屁股，一边拿斜眼瞟着被迫腾出来的神圣领土。

日复一日，他们专心地坐着，一动不动，看上去像是在默默地思考着什么。对于我们来说是空洞无意义的事情，在他们的心目中是意味深长的。

铺着木地板的布草间里，蹲着一个女病人。很难推测她的年龄，而且因为被剃了光头，连是男是女都分辨不清。下身穿脏兮兮的桃粉色细腿裤，上身穿褐色的毛线衣，脚上穿着破旧的分趾袜，左脚是白色，右脚是紫色。这身打扮并非其个人喜好，而是因为她没办法自己穿衣穿裤。她还会玩弄自己的排泄物。我走过她身边时，她会看我一眼，"嘿嘿"傻笑几声，随后彻底无视我的存在。她蜷缩着一动不动，盯住地板上的一处看，表情变得极其严肃认真。这个可以说是彻底丧失了智力的女人的表情是如此全神贯注，总会令我困惑不已。过一阵，她紧绷的神经出现一些松弛，僵硬的表情有所缓和，很快，发自内心的烂漫笑容绽放在脸上，不可抑制的呆傻笑声冒出嗓子眼——那只是一瞬间的事情，她很快又陷入沉思。她到底在想什么？莫非什么也没想？我望着她，自己反倒不安起来。

这家医院中，知道自己有病的人凤毛麟角，所以几乎所有人都想回家。

"什么时候让我出院呀？"

一个连饭也不会自己吃的年轻女病人只会提出

这个要求。她依赖护士喂饭，瘦得像根铁丝。若是放任她不管，她就连筷子也不动一下，就好像吃个饭有千难万难似的。此外她还有小便失禁的毛病。这倒是个不错的理由。于是我这样答复她：

"等你不拉小便了。"

"大夫，这回这是我赌赢了，今天晚上我就回去了。"自称神灵附身的老太婆喜滋滋地跟我说。

"赌？赌什么来着？"

"大夫您装糊涂了吧？如果您是二，我是三，那就是我赢了。"

"不对，我是五。"我随口瞎编。

"这么说，是我输了咯？"

"谁让我是五呢？"

"哪有这种事？"老婆婆较真了，"那好吧。我再去问问神仙。"

我苦笑了，心想该不会有一天，我会被老太婆身上那个闻所未闻的神灵给咒死吧？

"能赶上庙会就好了。"梅毒上脑导致痴呆，有夸大妄想症的老头子说。

"还有，我今天必须回去，给大家伙儿做栗子糕，每人三块。都说女病房有百来号人，那是骗人的，就当和这儿人一样多，算上职能部门和厨房的人，对了，大夫特别优待，差不多做它个四百来块。我得先去采购材料，磨好了，再……"

要是老老实实听他讲栗子糕的制作工序，我们能听上好几个小时。更何况此人自称以前是给天皇做御膳的，其陈述自然是更加繁复冗长，有板有眼。

"今天不行，明天。"

我使用省略法打发他，正要动身走开，他说：

"大夫，您每次都说明天明天，两个月前就这么说了。"

此话不假。我没辙了，赶紧逃走锁上门，这样他便追不上来了。话说回来，我也同样出不去，没法离开这所疯人院。

再讲一个女病人。五十来岁，长脸，整个人脏兮兮的。每次护士好声好气劝她洗澡，总会被她严词拒绝：

"我昨天刚刚生了娃，怎么能洗澡呢？"

她自从住进医院，已经生了四个孩子。若是问"你的娃怎么样了？"她便毫不犹豫地回答："送人了。"有时候，她抱着枕头当孩子。她已经有不少白头发，面容也比实际年龄更显老，但她担负着养育孩子的重任，把那干瘪的乳房看得比什么都重要。接受电击治疗时，她总是一脸不解的表情，表示抗议：

"切我的乳腺做什么呀？不行的。你们不能这样！"

在之前所在的大学医院，做电击治疗前，会给患者注射环己巴比妥使之昏睡，所以大多数病人是不知道自己被电击的，但这家经费缺乏的精神病院没条件使用价格高昂的药品。病人活活地挨电击，而且往往是被人摁住的状态下。若非她每晚收拾行李整晚不睡，嚷嚷着"开门开门"，谁愿意干这行当？每当她被牢牢地按压住，总会发自肺腑地控诉道：

"你们为什么要欺负我！"

每每目睹这一幕，我总会想："精神科医生，可不是什么好行当。"

也许是治疗奏了效。她不再说生养孩子的事了。取而代之的，是医院大门口传来家人来接她回家的声音。她打点好行装，翘首盼望。然而，事实上不存在的人自然不会出现，她那病态的精神竟也对此做出了解释：

"大夫，我家里人被蛇缠住脚，来不了了。我可怎么办呀？"

同屋的病人都觉得好笑，纷纷笑出声，就连一个妄想较前者更为光怪陆离的少女，也嘲笑起这位真当自己回不了家的大婶来：

"你觉得那个大婶说的很逗吗？"我问道。少女一脸笃定，答道：

"那是。她有毛病的。"

这个举止略显轻浮的姑娘有一系列的妄想，除此之外和常人没什么区别。起初，她幻想有一个组织追杀她，在她的食物里下毒，结果是她除了罐头食品，别的一概不吃。她乘火车逃亡，这回连车站卖的盒饭里都下了毒。她曾数次求助于警察。

"那些警察啊，说我精神不正常。"

"是嘛。那些人到处给你下毒，他们忙得过来吗？"

"他们是盯上我不放了。他们是黑社会呀。我亲眼看见的。"

经过电击治疗和激素治疗，她的饮食里已经没人下毒了，但她心底的妄想是如此根深蒂固，难以去除。她所谓的这起"案件"，对她而言无疑是性命攸关的惊天大阴谋，她却能以置身事外的态度平静地讲述。妄想看似是折磨人的，本质上是精神休憩的场所，也是逃避强烈不安和苦恼的手段。

她不排斥电击治疗，会像死乞白赖向大人要零食的孩子一样：

"也给我通上电呗。因为我呀，要早点治好病出院。"

"嗯？你生病了？"

"不啊，我没病。"

切勿嘲笑其自相矛盾。这就是本质。

有一个相貌和善的男子，用短小的铅笔头在纸上画奇怪的符号。其抽象万事万物的能力近乎无限，依他所言，一根线条即可区分善恶，奇形怪状的三角形则体现了其自身的存在。

"你画在这儿的，像云的东西是什么？"

他老老实实地答道："这个是回荡空中的鸟鸣。"

"啊？那这个呢？"

"这个是中国的夜晚。"

境界之高远非我等智力所能及。我朝他鞠了一躬，回身告退。

还有一个圆滚滚胖乎乎像只小猪的女孩子。听说她的力气大得很，以前精神亢奋时，能够轻松放倒三个护士。我刚上任的时候,她已经成就这片土地上最为圆满的性格。首先,她很少开头说话。圆圆的鼻头安坐在一张胖鼓鼓的脸盘上,沉着、幸福、舒展的性情自内向外焕发外溢,丰沛至极,几乎要把她的面颊撑破。眼睛小小的,在我看来,其目光中闪烁着一丝源自智慧的狡黠。她既会给其他病人敲肩捶背,又悄无声息地料理好自己。不但不给医护人员添麻烦,还赋予他们休养生息的时间。只不过,若在她身旁长时间逗留,她便会流露出一丝不耐烦。

时间一久,比起那些依赖着我,跟正常人一样与我搭讪聊天的病人,我倒是越发喜欢待在那些不把医生放在眼里,不说话——即使说话也不知其所云的病人身边。而且,我常常笑。每次耳闻奇妙古怪的话语,目睹不可思议的行为,都会因为过度吃惊而哑然失笑。

"请原谅我当下的失礼。"我想,"否则我会撑不下去的。"

尽管我哑然失笑情有可原,但那个人称"大厅霸主"的年近古稀的小个子老太婆,却动不动训斥我:

"你这个当大夫的,别老是笑,看好孩子们。"

她这么说我,自己倒爆发出比我笑声大好多倍的狂笑。这种起源于脑动脉硬化的笑，是无论如何也抑制不住的。她笑得捧腹弯腰，拍打膝盖，好不容易止住，又撅起色泽不健康的嘴唇，开始批评我。

她指着其他病人说："这些孩子都被鬼上了身。你懂吗？"

老太婆管自己叫"婆婆"，管其他病人叫"孩子"。她向我一一介绍同屋的几个病友：

"这个女人得的是笑病，老是笑。婆婆我也是这毛病。这个人说是土地爷的闺女，前世到底是做了什么孽啊。"

她又指着一个一年到头摆弄布头线脚的女人，说：

"这个女人被布头上了身，辩才天女惩罚她呢。"

我若是追问个不停，她便会大声呵斥我：你这个当大夫的，怎么啥都不懂。她的语速很快，而且带着浓厚的方言口音，很难全部听明白她说的。有时我把耳朵凑过去听，老太婆当即火冒三丈，将我赶走：

"不知道！别问了！走开！一边儿去！"

老太婆也有生病的时候。她没力气再发火，用一种苍老而沙哑的腔调说：婆婆我不想给你们添麻烦，死了拉倒。因发烧而衰弱时，这颗易怒的灵魂也会积极主动地吞下我开的简易药品。我看在眼里乐在心里。老太婆把药摊在掌心，一巴掌摁进嘴里，咕噜一口咽下肚子，奇迹般地迅速恢复健康，又开始凶巴巴地对待医生。我挨了她无数次奚落，偶尔听到她说一句"你照顾孩子们，受累了"，心里五味杂陈。

我时常模仿病人，坐在大房间的墙角。起初病人们见是医生来了，保持安静。过一会，四处响起一种独特的喧嚷，恰似深山老林里悄然活动的生物——毫无意义的自言自语、无法理解的行为举止，其实各有各的意义，但我终究无法参透。

有个女病人，无论在谁看来，她都有资格出院了。可是这个人很懒，成天无精打采地躺在榻榻米上，百无聊赖。

"你为什么老是躺着呀？"

"躺就躺呗。有什么好问的。"

她嫌我烦，缓缓地换了一个睡姿，堪称是真正意义上的悠然自得，无拘无束，给人一种神圣感。

还有个女病人，一直过着流浪的生活，她那坚决推辞的态度也是让我印象深刻。刚来时，她的脚趾发炎腐烂，眼睑浮肿，连眼睛都睁不开。每次涂药，她都会发牢骚：

"哎哟哟，怎么又涂红药水了。"别人对她好，她反倒不满。

"哎哟哟，怎么又打青霉素了。"

过了一段时间，脚趾的坏疽完全治好，眼睛也能睁开了。她却盘着胳膊坐着，两眼紧闭，仿佛在哀叹自己悲惨的命运。伤好了，她倒闹起情绪来，或许她觉得能看见东西不是件好事。但她熟知闭眼的门道。那模样，俨然是一位瑜伽大师，又像是一只蹲踞于此的秃鹰。

我躺在了病房的榻榻米上——脱下白大褂，揉成一团当枕头，仰面躺着，却不具备神圣的慵懒患者的安逸和豁达，别别扭扭地翻来覆去。彻底化身为"秃鹰"我也是做不到的。火暴脾气的老太婆走过来，噘起色泽不健康的嘴唇，朝仰面躺着的我发难：

"你这个当大夫的，怎么也魔怔了？依我看，你是被狐狸给迷了。吓死人，吓死人咯。"

她由于火气太大而哈哈大笑。笑得前仰后合，根本停不下来，再笑下去恐怕要人仰马翻了。好不容易有所收敛，她低头看了看躺在地上的我，又撅起嘴训斥：

"婆婆我得的是笑病,你这是……"

这时一波笑意来袭,老太婆捂着嘴,跑开了。

就在这期间,就在躺着的我的周围,形形色色的病人生活在各自的世界里,或简单,或复杂。这边,有人一动不动地开始冥想。那里,有人解开线头,仔仔细细地瞧着。再看这个,认认真真地拾起一小撮灰尘,小心翼翼地把它放到别处。那边,传来节奏单调的自言自语,叽叽咕咕无休无止,就像和尚念经。

一种感慨屡屡贯彻我的心头——我终究是个局外人。独独我一个,没有属于自己的确凿的世界,是一个模糊飘忽、寒碜不堪的活物。

回想起来,那所县立精神病医院里,的确有些病人以其出格离奇的言行逗我发笑,但总的来说,那是一个灰暗沉滞的世界。

我来德国后,深夜回忆若干年前的事情,说来也怪,每个病人的形象都无比鲜明清晰地浮现眼前。然而到了白天,我尝试回忆,就像是蒙上了阴影一般,模糊而黯淡,与年幼时深入我心的那片宽广墓地的氛围是相同的。

我与伦子相隔遥遥,所以她给我写了好多信,就像我们刚认识那会。她的信给身处昏暗中的我带来一缕光明。换个角度讲，尽管医院里的病人安坐于无为、错乱与妄想之中，但归根结底是精神层面的。与之相对，伦子的来信一方面是生命的使者，另一方面也是来自俗世的东西。怀着激动心情读信的我，必然也只是个可怜的俗人。至少，是个年纪尚轻的小市民。

医院里只有我一个医生，每天还得值夜班，真是很辛苦。半年后，大学医院的晚辈来这里上任时，我打心底里松了一口气。从此以后，我一个月能连休三天假。

第一次休假的日期，提前十五天就定下了。我赶紧通知伦子，伦子在回信中说，我返回东京的那天夜里，参宫桥的那间大宅子里刚好有舞会。读到这里，我有些失落。倘若之后的两天伦子有事不方便，我便只能在人群中与她相见，怎么对得起我这久违的宝贵假期呢？这时，伦子给我出了个大胆又出格的主意——舞会结束后，我留下来住。

"那个宅子还是空着的。"伦子在信中写道，"里头有一间带床的空房。你来参加舞会，结束的时候假装从正门走出去，拐到宅子后头。那儿的窗户我给你开着。宅子的简图我画给你。"

我颇为吃惊,这俨然是小说里的情节。县立精神病医院常有企图逃跑的病人,他们制定的计划可谓绵密细致,行动前按兵不动,坚守到护工睡熟,随后突破紧急出口……我觉得自己的立场与那些病人并无二致。

"第二天,女佣人大概会在九点来打扫卫生,所以你七点左右回去就行了。大门边上有我堂姐的小屋子,不用怕,万一被发现了,你就说自己喝醉了爱偷东西,顺走了烟灰缸,现在是来归还的。"

哎哟哟,这回要我扮小偷啊。我苦笑了,深深惊讶于伦子的大胆。

休假当天下午,我早早地到达伯父家,晚饭后动身前往参宫桥。跟伯父一大家子人吃晚饭,那种感觉就已经和关在精神病院大半年的生活大不相同,而眼前这个带乐队演奏(尽管是业余的大学生乐队)的舞会,在我看来,是一个光鲜过度的异常时空。

好多好多人,就像漩涡一般在我眼前打转。那阵子还在流行吉特巴舞。但不知怎的,眼前这一波波裹挟着热力的人潮,似乎是一种非常稀薄的物质,回想那个被我甩在身后的疯子的世界,是那么厚实而沉重。

我的目光求索着伦子的身影，一无所获。心想她是不是像上次那样在卖饮料，便走向客厅一隅的小摊。也不在。乐声嘈杂，人来人往令我不适，甚至有点心虚。打个比方，那所县立精神病院就像是一座"魔山"，一个所有人都被病菌感染的地方，而这里，是外界，也可以说是凡间。时隔半年，我下山入凡间，感到困惑迷茫，合情又合理，没什么好奇怪的——我抱着这种心态，站在大厅角落的柱子旁，一个劲地抽烟，心想我那堂姐会不会来这里，搜寻后也无所得。

就在这时，我感觉到自己的胳膊被人轻轻地戳了一下，侧过脸去——伦子，你就站在我身边，微微地笑着。我心里乐开了花，也松了一口气。与此同时，一种近乎酩酊的感情波动将我束缚。周围环境是昏暗的，但伦子的脸是那么明亮，那乌黑的眼眸，是那么晶莹剔透。我不知道为什么会有这种感觉，总而言之，我再次爱上了这张鹅蛋脸。

这种怦然心动的感觉，早些时候我也曾体验过。那是我和伦子相识后不久。大学医院的病人当中，有一位年逾古稀的老太太，我是她的主治医生。老太太得的是老年性抑郁症，三次自杀未遂，之后住进医院。毕竟一大把年纪了，所以仅仅采用药物治疗，丝毫不见好，进食的情况也很不理想。每次查房时，她有气无力地向我抱怨：

"大夫，您怎么不让我死呀？"

当时，抑郁症的药物种类十分有限，疗效也不理想。教授横下一条心，命令我对她实施电击疗法。这是一次不大不小的赌博，毕竟她的血压超过了两百。注射环己巴比妥令其昏睡，血压降到一百六十以下就能通电了。

不管怎么讲，这是一记险着，也是最后的手段。正因为这是教授的命令我才去执行，但对于电击疗法本身，我是做一次厌恶一次。失去意识的病人的身体僵硬板直，癫痫状的抽搐随之而来。病人好不容易开始呼吸，医生和护士才放下心来。我每次都是战战兢兢地参与治疗，就像捡一块烫手的山芋——疗效比预想的要好，经过四五次电击，老太太的精神面貌判若两人，不再说"想死"之类的话了，也能够正常进食。家人和医生都由衷地高兴。

她终究是个苦命人。一天，她下床时不慎跌落，摔断了腿骨，裹上了厚厚的石膏。如此一来，就不能接受电击治疗了，眼见身体状况日趋恶化，大约两个月后离开了这个世界。算是自然老死吧。

老太太的遗体被送到解剖室，我也在一旁见证了全过程。她那具干枯精瘦的遗体横陈在解剖台上，手术刀切开肌肤……肺脏取出来了，胸廓赫然入目，肚子里的内脏取出来了，只留下空荡荡的腹腔。头盖骨用锯子锯开，灰白色的畏缩在颅腔里的脑髓呈现在我面前。红色的血液滴在地板上。这里是"死"的世界，充斥着尸臭、脏器和灰色。一切都结束了。我走出解剖室，疲倦无力，精神沮丧，内心深处还在琢磨着什么。

我来到神经科医研室的老旧大门前，这里也通往内科病房和外科病房。走进去，就是一个昏暗压抑的空间。

就在这时，一个极其华美的物体掠过眼前。直到刚才，我的眼球一直沉浸在灰色的死亡世界里，如今仿佛看到了熠熠生辉的生命本身，美极了——那是一位三十来岁的女士，身穿和服，手捧鲜花，大概是来看望病人的吧。她径直走过我跟前，消失在内科病房里，留下目瞪口呆的我站在原地……

——眼下的心境恰如彼时。出现在大厅柱子旁的伦子，正是死亡与生命、光明与黑暗的鲜明对照。说得牵强些，我或许是徘徊在两者之间的东西，无依无靠，飘飘忽忽，同时被两者所牵惹。

总而言之，忽然出现的伦子令我眼前一亮，爱意油然而生。

"你来晚了。"她悄悄在我耳边说，"等得我好心焦。"

"小伦。"我不禁呼唤她的名字。

"嗯？"

"你真美。"

"讨厌。"伦子揪了一把我的手背，"来跳舞吧。"

"大家都看着呢。"

"没事的。你偷偷摸摸的，反而招人怀疑。"

于是我和伦子跳了一曲。所幸舞曲是节奏舒缓的布鲁斯，我与她的肉体轻微接触，感到难以言说的开心和快乐，左手握住她的手，触电一般的酥麻感传来；右手搂着她的腰，也是又酥又麻的。

虽说是久别重逢，内心的激动久久不能平息。我再次深深体会到，自己是多么爱这个体形消瘦的女人。

"听我说，我俩总一起跳舞，别人会怀疑的。我来介绍我女校的同学,人挺漂亮的,还是单身。"

"不要。"我说,"我不想和别的女人跳舞。"

"你别奉承我了。对了,麻里子不错。一个不好,你会爱上她,和她结婚的。"

她又在说讨人嫌的话了。即便如此,我记得还是和两三位女士跳了舞,至于说了些什么,全忘了。

时间将近十一点。伦子挨近我,说:

"十二点前舞会要结束的。那时候回家的人多,你趁现在出去绕到屋后,按计划好的办。行吧?"

我走出冷冷清清的内门,确认四下无人,便沿着宅基绕到屋后,微弱的星光下,偌大的后院隐约可见。我就像个熟门熟路的窃贼,走向院子角落那间木板套窗紧闭的房子,伸手推了推最边上的那块窗板——轻松推开了。我手提鞋子潜入室内,再把窗板合上。

伸手不见五指的黑暗占领了一切。我伸出手摸索着,找到一张像是床的东西。我点亮火柴,看见这件挺宽敞的房间里并排摆着两张床,除此之外没有什么家居陈设。火柴灭了。

黑暗再度占领一切,霉味有些刺鼻,想必这里是来客留宿的房间,平时很少使用。远处传来乐团平淡无奇的演奏声，听着也不那么嘈杂了，来客活动的喧嚣同样变得又轻又小。

我本打算钻进被子里去的，想到万一进来的人不是伦子，便藏身于床和墙间的缝隙里，躺了下来。地板上铺了柔软的地毯。

我一动不动地待了好久，眼睛却迟迟适应不了黑暗，所见之物除了漆黑还是漆黑。这时我忽然想起了童年：我和姐姐、堂兄，在熄了灯的客厅里玩起集"捉迷藏"和"鬼抓人"于一身的游戏。我把眼睛瞪得再大，眼前总归是均质的黑暗。它肆无忌惮地灌进我的眼睛，令我的全身变成和黑暗一样的东西。哪些部分是自己的身体？我不敢确定了。我在椅背后蹲下，时不时不安地触摸自己的手脚。不一会，身边有了动静，扮鬼的孩子缓缓挨过来，间或有窸窣轻响，人的气息通过黑暗传来，我便往后挪了几步，常常会意外地碰上别人的身体……

音乐声已经停歇。黑暗中，没有一丝声响。我自己也搞不清楚躺了多久……传来轻微的脚步声，紧接着是开门声。我坐起身，循声望去——是伦子没错。她提着矿灯形状的手电筒，瘦削的形体一半融进黑暗，浮现在手电筒的微弱光线中。

我蓦然想起早年离家出走的妈妈的身影。它悄无声息地出现在楼梯上端,抬起右手缓缓地做了一个制止我和姐姐的手势,仿佛洞察了一切。

……伦子的眼神扑朔迷离,压低声音说:

"你在哪?"

我战战兢兢地躲藏好久,听见她的声音,心里也是乐开了花,从藏身之处现身,静悄悄地走过去,紧紧抱住她那柔软的身体,把嘴唇覆盖在她的嘴上。她的舌头起初有所顾忌,很快也变得大胆,回应起我的热吻来。

日后,我回忆起与伦子幽会时的林林总总,有时如热浪翻滚,有时就像兄妹那般自然,有时则仿佛身处梦境,有一种不真实的平静。

有一次我回东京休假,甚至去了一趟伦子的家。她老公不在家,女佣人也请假不在,女儿则去了娘家——尽管如此,这仍然是一场冒险。傍晚时分,我到达她家,一只纯白的长毛狗朝我叫个不停。我进了房间,它还在叫。

"小小,小小,你叫什么呀?你怎么了?"

小狗不理伦子的安抚,依旧朝我叫着个不停。我并不讨厌狗，可区区小犬如此执拗，仿佛是故意在我和伦子之间设障，惹人生气。

没多久，小狗习惯了我的存在，在沙发上窝成一团。伦子给在客厅落座的我端上茶，接着端来洋酒和冰块，说一声"尽管喝"便走开了。说实话，我觉得不自在。无所事事是一方面，更多的是我心中的某些地方没得到满足。此外还有一份孩子般的心虚胆怯。我起身朝伦子离开的方向走去，看见一个西洋风格的餐厅，餐厅隔壁是宽敞的厨房。伦子就在那里，背朝着我，忙活着。

看她动作频频，一会打开那边的锅盖，一会取调味料，一会儿忙忙碌碌地切菜。她戴围裙的样子和日常的形象迥异，现如今她在我眼里，不是恋人，而是主妇。她的一举一动，格外鲜明地印刻在我眼中，令我心生莫名的羡慕。她老公平时总能看到身为主妇的伦子吧？而我，只有极个别难得的机会，才能看到她站在灶台前忙碌的样子。

此时此刻，我心底涌出一股欲望：我想要更加明确而清晰地把握真实的伦子，一个正埋头准备晚饭的伦子（这种欲望和求索其肉体还是有微妙区别的，坦白说，即便她求我，我也断然不会与她在这里亲热)。我走过去,摸她的肩,触及坚硬的骨骼,轻轻抚摸她的背。不可思议,我的心怦怦跳。轻抚眼前这个数次拥抱过其裸身的女人,令我感受到前所未有的快乐和甘甜。我最终搂住了她的肩,吻她细致的脖颈。一直专心切菜而无视我存在的伦子终于开了腔:

"不行哦,不能捣乱哦。"

她说着把脑袋偏向一侧,淘气地笑着。她的举动带来了反效果——我把手放在她的胸口。伦子"啪"地敲打我的手,说:

"好了好了,请您去那边稍候。"

有时候她会用这种对生人说话的腔调说话,但在某些场合,尤其是醉酒时,她也会用一些粗俗的措辞。比如:

"母亲大人的嘴巴唠叨个不停,小伦烦死她了。"

伦子所说的"母亲大人"是她的婆婆。我说都这个年代了,不必太在乎婆婆吧。伦子回答:

"小伦我啊,在这方面就是搞不定。"

语气就跟男孩子似的。可想而知,她上学时和同学说话也是这个样子。

我暂时撤退,也不回客厅,只是站在厨房门口,久久地注视着伦子勤快的样子。锅中水沸声、烤肉

"滋滋"声，空气中弥漫着食物诱人的香味，伦子就在我眼前，一刻不停地忙碌着。

"比我想象的能干嘛。"我想，"她是不是一贯这样呢？"

想到这里，心头腾起一股嫉妒（尽管我听说她老公极少在家吃饭），再次挨近她，开始干扰她作业……

晚餐开席，十分可口，只是牛排过于庞大，实在是没办法吃完整块。伦子见状，对我说：

"多吃点，长胖点。"

这话是老婆饲养老公时说的，令我有些飘飘然，又品尝到了微苦的幸福感觉。

餐后时光更加愉快。虽然寒冷的季节已过大半，但客厅的暖炉里仍然点了柴火。我在信州读高中时徒步登山，在点柴火这件事上屡屡受挫，很难点着，所以见到伦子家的柴火一点就着时大为惊叹。粗大的木柴很快燃起火苗，散发出馥郁的香味。我和她趴在火炉前的地毯上，脸挨着脸，时不时抿一口杯中美酒，天南地北地闲聊。

炉中火渐渐旺了起来，摇曳不止，火光映照在伦子脸上，营造出飘忽的阴影。木柴分泌的树脂受热形成细小的泡沫,滴落时"扑哧"一声响。我随意躺着,火光烤得脸烫烫的,心里暖暖的,欣赏伦子乌瞳中火光摇曳,更是一种享受。

在这里,不存在两人在外开房时那种紧迫感,也没有内疚和后悔。我甚至感到一种陶陶然的睡意,或许是因为吃了伦子亲手做的饭菜,也不去想男欢女爱,就这么懒洋洋地躺着的缘故。可见,我的内心是殷切期盼与伦子结为夫妻,一起过日子的。

伦子牵着我的手,贴在她的脸颊上,热乎乎的。轮到我了,我把她那纤纤细手拉到嘴边,吮吸起来。此时此刻,眼前的伦子可爱得无以复加。我不禁说:

"伦子,当我的女人吧。"

"我是你的女人呀。"她小声说,又添一句,"你还爱我吗?"

"当然爱。"

我一言她一语,听着像是痴男怨女的谵妄情话。然而,这种愚笨和拙劣,有时也会成为神圣的东西——或许就是所谓的"爱"吧。

"我俩没少吵架吧?"伦子说。

"是啊。"

"过了一阵,不知不觉就和好了。"

"嗯。"

"你这个人，就知道嗯嗯啊啊的……要是我俩结了婚，你肯定总是嘀嘀咕咕发牢骚。"

"小伦你不也这样么？"

"也对。有一天我俩变老了，说不定能够一边喝着茶，和和气气地过日子呢。"

"我也这么觉得。"

说实话，我曾经数落伦子几句，责备她没能和老公分手。

"可我是女人呀。"那时的伦子这么说，"那时候你连一句话都不讲就退缩了。你为什么不硬气一些？为什么不坚持，直到我成为你的女人？"

在我听来，她完全是自说自话，便板起脸一声不吭。

"有时候，我甚至想，你到底是不是真的爱我。"伦子继续说，"万一有一天，我真的恢复单身，你真的会来娶我吗？"

"你怎么可能恢复单身呢？"

"你不会娶一个拖油瓶的女人的。"

"会的。"我说话的腔调带上怒气，"小伦的孩子在我眼里也是独一无二的。"

"你就是嘴上说说。其实你讨厌孩子吧?我在你眼里,就是一个呼之即来挥之即去的玩伴吧?"

这种时候,伦子在我眼里就是个歇斯底里的人。

"假如我可以恢复自由身……"

"那你就分手呀。我可不想继续做白日梦。"

我的话越说越重。这种枕边的拌嘴,往往会走向极端。

"我们分手吧。"

"……"

"以前见到你,我可开心了。可你现在越来越难说话了……"

"你想怎样就怎样吧。正好,与其吵架分手,不如就像现在这样。"

"可是我俩现在不正吵着吗?"

"到底是谁的错?"

这种对话的结局,往往是伦子开始抽泣,我也是默默无语,拼命忍住盈眶的眼泪。有一次,在条件极差的廉价旅馆里,我俩就这样吵过,都动了分手的念头。

当时,我俩躺在吱呀作响的破床上。说来也稀罕,都这个年代了,那家旅馆竟然还有跳蚤。就在两人怄着气闷声不响的时候，感觉到跳蚤在身上爬动，到处发痒。我现在还记得，自己忍耐苦涩眼泪的同时，还要殚精竭虑操心跳蚤的行动。

但此时此刻，我和伦子放松地躺在她家的火炉前，不愉快的回忆就像是一场幻梦，想起来颇为可笑。火光飘摇，在伦子细长的脸上投下微妙的阴影。渐渐地，我觉得我和伦子从来都是相亲相爱的。我和她降生到这个世界，偶然相知进而相爱，乃是命中注定之事。

如果我和伦子结为夫妇，我俩或许也会拌拌嘴，但就像伦子所说的，如果我俩能够白头偕老，相伴饮茶，会变得像小说中写的那样，互相爱着对方的。

暖炉内传出木柴燃尽时的垮塌声。新添的木柴很快旺旺地燃烧起来，从断口渗出的树脂滴落火中，发出轻微的脆响。

那一段时间，我常常梦见下面的图景——

我深一脚浅一脚地走在无比宽阔的荒野上，感觉像是走在水底。四周杂草丛生，我拨开草往前走，发现脚下散落着红色和灰白色的小石块。

抬眼望，巨大的城堡似的建筑赫然入目，挡住去路。走进砖块崩落的入口,眼前是长长的黑黑的走廊,地面不规则地铺着褐色和白色的瓷砖,天花板像是随时会坍塌。我呆呆地往前走,瓷砖地面消失了,地面上又是或白或红的石头——这时,我醒过来了,满心怀念,又带着些伤感。

那座砖房,无疑是小时候家附近荒地里的废弃房屋。它与我所见识过的城堡、教堂和市政厅形象相互融合,出现在我的梦中。说起来,梦中的马赛克图案,不正是这三年来所供职的神经研究所内门地面上的图案吗?

小时候,我和现已不在人世的姐姐常常在那座废弃的砖房边玩磨石块的游戏。把红石块和白石块相互摩擦,蹭出一些粉末来,用宽宽的草叶盛着敬献给对方:

"来,请慢用。"

现在回想起来,姐姐的生命太脆弱,死得太容易了,就像梦中发生的事情。她的灵魂,如今在做些什么呢?过得好吗?

我好像又迷迷糊糊地睡着了。

浮上意识表面的,似乎是荷尔德林塔的内部,但物象不断地游移变形,一切看似没有色彩,其实是一种致密的、不似这人间之物的色彩组合充溢四周。眼前有一个祭坛,点了许多粗大的蜡烛,火光摇曳。祭坛前的台子上,一位裸身的少女仰面躺着。我轻手轻脚地走过去看她的脸——苍白、消沉,像是死了。模样像过世的姐姐,可体型太大了。

忽然间,这张脸带上了血色。乌黑的眼眸闪现出生机,脸颊上出现小小的酒窝。软软的、鼓鼓的、难以捉摸的嘴唇微微翕开。久违的心动令我颤抖。这是一张再熟悉不过的、独一无二的脸,简直是为我量身定做的,甚合我心意。

我的视线转向了她的裸体。烛光在这具瘦削的肉体上营造出极其深浓的阴影,就连极细微的曲线,也像是为我而存在的艺术品。

"伦子!"

我要呼喊,但嘴唇却没有运动。雾霭飘来,遮掩了她的裸体,散去时,我发现祭坛和蜡烛丛已然消失,取而代之的是饱含水汽、娇嫩欲滴的杂草丛。有一棵树,树干上有一只正在蜕壳的幼蝉,它正将那微微发白的躯体向后仰去。这么说来,童年时,我曾被那神秘的美所深深吸引,心无旁骛地度过了夜半的时光。

不知不觉地,这一幕也消失了,我周身的一切发生扭曲变形——时而是森林和雪景,时而是墓碑和塔形木牌林立的墓地。这些图景都缺乏现实感,一刻不停地流动着。其间贯彻我意念始终的,是一种寂寞,一种或许是我这个人与生俱来的孤独感。

我醒过来了。那段意识还在我脑中延伸。

异国他乡的阁楼迎来了我熟悉得不能再熟悉的清晨,眼前的事物模模糊糊地显出轮廓——了然于胸,了无生趣。

我用一颗混混沌沌的头脑来反刍刚才的梦,特别是那可以说象征着伦子的阴影甚浓的裸体。梦境中,我体会到无比甘美的悸动,但醒来后回味,品尝到的反倒是一种带有悔意的悲哀。且说梦中的裸体,也就是伦子的肉体,我是打心眼里喜欢的,简直无可挑剔。当然,或许是情人眼里出西施的缘故吧。

但就在我来德国的七个月前,伦子曾十分执拗地拒绝我碰她。当时她做了切除阑尾的手术,不想让我看到伤痕。我笑话她:

"我可是医生呀。怎么会怕刀疤呢?割阑尾而已,跟蹭破皮没什么两样。"

不料伦子的态度是格外地强硬:

"我不是美女,身子也瘦巴巴的,唯一的心理安慰就是身上没有半点伤痕,多亏你帮我治好了湿疹……这么丑的身子,我就是不想让你看见。"

"你真傻。就算小伦你做了乳腺癌手术,我也会亲吻伤疤的。乳腺癌的刀疤可吓人了,就像一只大蜈蚣趴在那儿……"

"可我就是不愿意,无论如何都不行。要是让你看到这个疤,伦子死了算了。"

我使出浑身解数,连哄带骗,她就是不点头应允。最终我动了粗,硬是在她的伤疤上亲了一口。她说:

"你这个人,心眼太坏了!"

她说着就哭了。这种时候,伦子表现得就像个孩子,与平时的大胆形成鲜明对比,但就是这种孩子气,让我心底涌出无限的爱怜。

我将梦境中的裸体与现实中的伦子身体相比较,细细反刍,一种类似乡愁的寂寥感萦绕心头。我又迷迷糊糊地睡着了。

梦很浅,往事不绝如缕,萦绕在我的脑海。

岁月不知不觉很快流逝,我回国的日子近在眼前。研究所的工作已经收了尾，教授和上级医生那边我也都问候了一轮，期间我还领着一位刚从日本来此地留学的脑病理专业的医生，向德国人介绍他。此君戴着圆框眼镜，有不停眨眼的毛病，却是个酒色之徒。他问我：

"我听说斯图加特能买春。您去过吗？"

"没去过。"我摇了摇头，"倒是在那儿吃过几顿中国菜。"

"是嘛……"他毫不掩饰内心的失望，"提供信息给我的是大学物理系的学长，他说那儿的女人性子真叫一个急，要是磨磨蹭蹭的，免不了挨顿臭骂。我可不想挨骂。"

说着，他从口袋里掏出一个小纸包问我：

"您知道这是什么吗？"

"不知道。"

"这是我来蒂宾根之后闹的第一个大笑话。药店有自动售货机，看文字似乎是商品名，实际上是什么我就不知道了。我猜是安全套之类的，之前听说过有这回事。丢了一马克硬币进去，没想到是女人用的卫生棉。"

我笑了，不含任何讥笑讽刺的意味——此人的留学生活一定会硕果累累的。

"还有,餐馆的菜单我还看不懂。Scholle 和 Seezunge 有什么区别?"

"我也不知道。都是比目鱼吧?"

"哪个是鲽鱼,哪个是舌鳎,辞典的解释也是各不相同。有的辞典把两者都解释为舌鳎……还有,我不知道 Tagessuppe(例汤)的内容,就向对方打听,压根儿听不懂他说的话。我大吃一惊,又咽不下这口气,现在我是厚着脸皮见一个问一个。"

我心想,这个人掌握施瓦本方言的速度会是我的几倍。

"我倒是没问例汤的内容。毕竟例汤最便宜了。而且我从一开始就基本上在学生食堂用餐,没有机会选择汤。"

"我这个人就喜欢吃。"他说,"去肉店买了十来种香肠,每种买一点点,回家比较着吃。都挺好吃。不过啊,鱼做的菜我觉得都不怎么样。这下麻烦了,我可是更喜欢吃鱼的人。"

我觉得好笑,接上话茬:

"说到好吃的东西,要数夏初开卖的樱桃,有红的,还有红得发黑的,好吃得很。"

"我是大肚汉,樱桃之类的对我没什么吸引力,我就想饱餐一顿,然后去斯图加特风流快活。"他说这话时,表情是一本正经的,"您几时回日本?"

"我打算去旅行半个月,再回到蒂宾根打包行李。"

"哦——旅行啊。去哪里?"

"目前打算往北边走。"这句话一说出口,我的心头微微泛起波澜,却又有些难为情,"从汉堡到吕贝克,然后……"我吞吞吐吐。

"真不错,不过,我觉得会挺冷的吧。"这个戴圆框眼镜的医生无意追索我的心理活动(这倒也正常),继续说道,"对了,您要回日本了,开心吗?"

"来到这里一年的时候,还有今年春天,我非常想家。如今不久就要离开德国,还是有些舍不得的。怎么说呢?两者各占一半吧。"

"刚才说的那个物理系的学长,他在美国待了六年,来德国是第一年。他离开日本去留学的时候,日本依然是粮食短缺。他说上了美国的客货滚装船,第一印象是物资丰富,粮食什么的应有尽有,他极度不愿意回日本,或许是因为没有好职位吧。我觉得在他心目中,日本始终停留在五十年代。要我说,这种人就是留洋留傻了。您回国可是赶上好时候了。"

"我感觉我已经傻了。"

"可别这么说,好好享受最后的德国北部之旅吧!Gute Reise!(一路顺风!)毕竟,汉堡有最正宗的红灯区嘛。"

在《托尼奥·克勒格尔》一书中,托尼奥临行前,他的朋友、女艺术家丽莎维塔向他表达了良好祝愿。而我,则在这个精力旺盛的大善人那轻浮又滑稽的声援中,独自踏上了北上的旅途。

我的旅行包并不大。出发前,我去了一趟常常光顾的海肯哈沃书店,买了一本简装版的《托尼奥·克勒格尔》(封皮是薄薄的纸,在这里用作教科书),塞进旅行包。这家书店因赫尔曼·黑塞而闻名,店内的一块招牌上就写着黑塞于一八九五年到一八九九年间在这里当过学徒。众所周知,黑塞与吕贝克作家的交情颇深,所以我觉得也是一种缘分。

旅程的后半,我有意蹈袭托尼奥·克勒格尔的足迹,而且我打定了主意,在旅途中重读这部少年时不知读了几遍的,荡漾着青春气息的名著。

第五章

出发那天，时间早已过了十月中旬，天空灰蒙蒙的一片，四处可见淡墨色的阴云，几乎垂及地面。这令人无端忧郁的季节，又来了。

我坐在驶往斯图加特的列车中，脑海中浮现出刚与之作别的内卡河风景——只有白桦树黄了叶子，褐色的枯叶在路面上飞舞，也有的漂浮在河面上，备感凄凉。

这么说来，眼下车窗外的农田和牧场也是冷冷清清。苹果树叶已落尽，枝条显得特别黑。四处可见的羊群，看着也颇为寂寥。

我在此前来过数次的斯图加特车站餐厅，等待两小时后的下一班列车；吃了一份类似于日本猪扒饭的维也纳炸牛排，小口抿着红葡萄酒，翻开出发前买的那本《托尼奥·克勒格尔》。

冬天的太阳被层云遮挡,遍洒在这个不大的城市,无数山形墙建筑之间的小路潮乎乎的,风很大,天空时不时洒下一些松软的霰子,不是冰,也不是雪。

读着小说的开篇,我仿佛顿时回到了二十出头的青葱岁月。没来由的孤独感和沉郁的酩酊感将我包围。我逐行阅读,一字一句都牵扯出深切的回忆。两个小时在不知不觉中很快过去。我又进了车厢,不知何时,天下起了雨,雨滴在车窗上滑落,条条缕缕,遮挡了视线。

不到两小时,我到达小城栋比尔。不远处的支线月台边,停着一列两节车厢的列车。几位方才乘坐我所在列车的旅客,现如今上了那列火车。我正在想那车去往何方,只见一位微胖的中年男子快步横穿铁轨,朝那列车奔去。此时车已开动,男子一边跑一边大声呵斥。火车当然不会停下。此人站在露天的月台上,挥舞着手中的提包,骂个不停。那模样太夸张,我是心疼他的,现在又觉得好笑。

忽然间,我发觉从灰蒙蒙的天上落下来的不单单是雨,还夹杂了雪。见那人把提包顶在头上,慢吞吞地走下月台,这才生出同情,同时又有些担心:接下来的旅途中,我可别碰上这档子倒霉事啊。

此行第一站,是名胜罗滕堡。这座小城完好保存了中世纪的城墙,虽然在战争中遭到空袭,但据说此后已经恢复了旧貌。旅途伊始,我想亲眼看看这座古城。最重要的是,那位与我父母在德国相识的夫人(我曾在上高中时拜访过的她)说过,我的母亲最中意这里。

因为火车调度的问题,我被告知需要换乘公共汽车。刚才是半雪半雨的天气,现在全是雨了,雨水斜斜地扑打过来,所幸的是,车很快就来了。

途中停靠公交站时,上来一位极胖的大婶,她把围巾当作头巾包住脑袋,两手提着行李,大声松了口气:

"Gott sei Dank!(谢天谢地!)"

她动身要往后走,无奈身体过于肥胖,再加上双手还提着东西,被卡住动弹不得。她便侧过身,好不容易走到一个空位前落座(狭小的座椅竟然容纳了如此肥胖的身躯,堪称奇迹),又大声松了口气:

"Gott sei Dank!(谢天谢地!)"

我身旁坐着一个二十来岁，瘦削脸上有些雀斑的可爱姑娘，眼前一幕惹得她吃吃地笑。

汽车大约开了三十来分钟，傍晚时分到达规模极小的罗滕堡火车站。当时雨势很大，所以大家都在等计程车。计程车似乎只有两辆，幸亏罗滕堡是个小城，用不了多久就又回来了。

我和几位乘客一同站着等车，走过来一个十三四岁衣冠不整的男孩，对我说："烟。"我递给他一支。男孩接过去塞进口袋，连声谢谢也不说，扭头便走。这时，身后一位相貌耿直的老者板着脸提醒我，大意是别给孩子香烟。

"对不起。"我低头致歉，心想，你怎么不直接训诫他呢？

计程车来了。我钻进车里，告知去处，司机点头，用一种对熟人说话的口气说：

"冬天来咯。"

短短一句问候，立刻舒缓了我有些沉重的心情，回道：

"嗯。冬天来了。"

回头多给他一些小费吧。为了这次旅行，我一直节省开支，如今手头还是相当宽裕的。来之前，我心想罗滕堡是旅游城市，便订好了房间以防万一。来了以后，发现完全没必要。酒店的楼梯和过道几乎不亮灯。我被领到二楼，可能是住客少的缘故，这里光线更暗，古朴的酒店给人以鬼屋的印象。

房间里开了暖气，温度恰到好处，但一打开窗，看见夜幕下的小路上雨下个不停，寒气扑面而来。尽管带了有衬底的雨衣和厚毛衣，但一想到这糟糕的天气和接下来的北上旅程，心头掠过一丝不安。

那一晚，我又做梦了——

我在黯淡的墓碑和树丛间徘徊许久，道路就像迷宫一样错综复杂，搞不清楚自己去了哪里，走了什么路。黄昏——确切地说，是"夜"——如滚滚浓烟一般从四面八方悄悄挨近。我似乎正在寻找我记事前便已离开人世的兄长的坟墓，一无所获。不仅如此，"夜"已经将我团团围住，一只冰冷的手拉住我，要将我拽进地狱……

我被噩梦惊醒，躺着自言自语："那只手，是'死'的手吧。"

恐惧感顿时烟消云散，只觉得十分熟悉和亲切，回味起梦境来：

"我的童年，和'死'是很亲近的。"

又回忆起在松本上高中时被寒气封锁的夜晚。我处于一种人格解体和精神衰弱的状态,徘徊于疾风劲吹的暗夜。

"那会儿,我也离死不远。"

我有意识地去思考"死",是在上大学之后。那时,我开始了所谓的"创作",反复阅读那位在我出生那年自杀(说来也是一种巧合)的作家的作品,经常思考自杀这件事。虽说这是二十来岁年轻人的一种天真的错觉,但就是它,驱使我一头扎进叔本华等人的著作里。

我想摆脱阴暗的思绪,便尝试着回忆灿烂阳光下的蒂罗尔群山,还有信州那残雪未消的山景。

"山和虫,也就是'自然',带给我生气。"

站在两者相交叠的立场上,我或许能在作品中更好地表达自己吧。

"话说回来,我等于什么也没写。"

这是一个令人高兴不起来的念头。我在黑暗中睁开眼,凝视片刻。黑暗丝毫没有动摇的迹象,窗外传来淅淅沥沥的雨声,我甚至担心,雨会一直下,永不停歇……

所幸的是，第二天醒来时，雨已经停了。不仅如此，透过窗户，我看见阳光（虽然是孱弱的）洒在这座小城上。吃完不早的早饭（在蒂宾根时，我平常都是睡到不能再晚，所以早晨只喝一杯咖啡。旅途中，我得以慢悠悠地享受简单的面包、黄油和各种果酱，配上可以添杯的咖啡），走到外面，这才发现酒店处于坡道的中段。坡道上方与酒店隔着两间三屋子，有一处像是印刷厂的地方，传出轮转机的运转声，墙壁是发暗的桃红色。

印刷厂墙上挂了一块木头招牌，上有彩色图案（一台古老的木制印刷机前，两个男人摊开纸张），配有文字"施耐德印业"。接着我又看到写着"乡土报纸，始于一八六六年"字样的标牌，顿时来了兴趣——在这古色古香的老楼中，究竟印刷着怎样的乡土报纸呢？走上几步楼梯，就被"闲杂人等请止步"的标语劝退，当即放弃一探究竟的念头，离开了这家印刷机轰隆作响的作坊。

沿着窄街往上走，尽头便是市政厅的广场，只看一眼，就知道这里历史悠久。广场一隅有一处供游人饮水的地方，当中有一个中世纪风格浓郁的喷泉。

这里的每一家店——纪念品商店、餐厅等的外墙上，都有一块向外支出的铁制招牌。这些铁艺制品又大又重又豪华，各有各的情趣和创意，有的严肃刻板，有的打着旋，有的则是涂了金漆的动物神态，真是赏心悦目。其实这种铁艺在蒂宾根也是有的，我所知的德国城镇当中，海德堡也有相当多这种东西，但都不如罗滕堡的这般隆重豪华，也不像这儿几乎每家每户都有一块，密密麻麻的。

眼前所见，几乎令我产生错觉：王公贵族莫不会骑着高头大马，率领部下、侍童和小丑，在小城的一角现身吧？我又想起很久以前，在堂姐房间的壁橱中发现的少女歌剧杂志。当中有王子扮相演员的佩剑骑马照。我在这些小小的圆形相片中，找到一张十分中意的少女头像，我有生以来第一次如此着迷——她的半边脸洋溢着喜色，浮现出小小的酒窝，另半边脸则是严肃正经的，甚至有些忧郁。我把这张小小的头像夹在日记本中，时不时翻开细细观赏。尽管什么也不懂，也没有任何目的，就如同把陶醉童心的虫子放进玻璃瓶，久久观望而毫不知厌倦一样。

石板路湿漉漉的，水洼随处可见，慢悠悠地迈着步子，却也在不知不觉间穿过了安有钟座的城门。这说明我走到了小城的另一头，这座城市比想象的还要迷你。我有意继续徜徉在古城中，便回过头，沿来时的路返回。三个参加"候鸟运动"的高个青年，背负硕大的背包和睡袋，健步如飞，将我甩在身后。

回到市政厅广场时，见到一群男女围在大声解说的导游周围，看样子是旅游团。我走近时，导游停止解说，迈开腿朝市内走去，游客们也行动起来，尾随其后——全是老头老太。老太太裹着黑色的头巾，土里土气，十分朴素。鸽子蹦蹦跳跳地跟在这些人身后。

眼前出现大批游客，和我当下的心境不相配。我便回过头，走进一条小路。路边有看似简易招待所的地方，每扇窗上都摆着红红的天竺葵盆栽。说起来，蒂宾根的每家每户以及神经研究所也是如此。在这些长时间被阴云笼罩的城市，人们便自然而然地追求起艳丽的色彩了？又或是人类天性爱花？或许，两者兼而有之吧。

不知不觉来到郊外。道路好像是绕城的环路，转一圈又回到这里。缓缓往前走了一段，望见左手边的下方，蜿蜒曲折的陶伯河泛着白光。远处的丘陵装点着淡淡的黄色、褐色和绿色，整体像是蒙着一层薄雾，朦朦胧胧，令人联想起日本传统的淡彩风景画。

路旁灌木繁茂,黑色小鸟跳跃枝间,偶见粗大的树干,上面密密地覆盖着青苔。我徐徐前行,天气半晴,心情却不明朗。一个念头闪过:"这条路,莫非是母亲当年走过的?"

迎面走来一位中年女士,牵了一条牧羊犬。她走近时,我轻声问候,女士也清晰地回了礼,对我微微一笑。女士和狗走后,我身边会动的东西大概就只有灌木丛中嬉戏的小鸟了。青苔密布的缘故,粗大的树干看上去依然是绿色的。

这时,我内心深处浮现出一段不可动摇的回忆:

与伦子交往期间,大概有三次和伦子外出旅行的机会,都能住上一两晚。其中有一次,是在完成某县立精神病院的外派任务后不久,我和她去了伊豆。

我们在温泉旅馆住一晚,打算第二天看看附近的风景就回东京。旅馆伙计告诉我,这附近有一挂著名的瀑布,乘公共汽车很快就到。不料路况恶劣,车晃得厉害。我和伦子挨着坐,两人的身子时不时狠狠地相撞,伦子甚至说头晕想吐。我说了一句玩笑话,权当是给她打气:

"这车开的……就像是你在开车一样。"

伦子听了也笑了。当时我和她都在学驾驶。医研室我一周去四天,其余两天在一家神经科医院做兼职。这家医院有一点很好——下午两点就停诊。我便和伦子约好,每周的这两天下午和周日一同去驾校学开车。

且说驾校教练,这些人刁蛮无礼,不把客人当客人,态度之恶劣可谓举世无双。我被他们从头训到尾,就像是被恶婆婆折磨的苦媳妇。不小心熄火了,挨骂;不小心爆震了,又挨骂;方向盘没打到位,招来好一顿嘲笑:

"你这个人,怎么这么不中用呢?"接着又来一句,"就你这个样子,天晓得什么时候才能拿到驾照。"

回家路上,我对驾校教练的恶劣行径表示愤慨,唉声叹气。可是很意外,伦子似乎从来没有吃过苦头。

"哎呀,和我同车的教练态度都很好呀。讲话也客客气气的,说什么'小姐,您千万别太紧张'。"

我忘记了——伦子还是个年轻的姑娘,而且用"美"来形容她,也是不会有人提出异议的。

一天,我做S形倒车练习,驾驶车辆倒退着行驶在S形的道路上。这家驾校在S形道路的每一个弯道立了路标作参照,学员在倒车时观察身后的路标,当路标在后视镜中呈某个角度时打方向盘。我开得不顺。车子总是不遂我意,擅自跑偏。身旁的教练终于开了腔:

"你把车开到那边路上去,消停消停。把我搞得累死了。"

我心有不甘,可只得照办。就在这时,就在刚才我吃尽了苦头的S形弯道上,另一辆车气势汹汹地快速倒过来,撞倒了路标,来到下一个弯道处,又撞倒了路标……接连撞倒三根路标后,车子停住了。我看见驾驶席上伦子的身影。

课后我问她,这下总该挨训了吧?她答道:

"怎么可能。教练就说我开车挺威风的呀。"

——奔跑在伊豆田间小道的公共汽车上,我自然而然地想起了这段往事。那时我刚拿到临时驾照,允许上路行驶,相比窗外的景色,我更在意司机师傅的换挡方式,仔细观摩,心中暗忖:

"这个师傅,开车挺猛啊。"

过了一会,车到了旅馆伙计告知的那一站,我们下了车。眼前就是瀑布景区的入口,要走一段长长的下坡。往下走一段,有一家店面颇大的茶屋,再往下走，便看见了瀑布的全貌。

我们靠近它，细密的水沫伴着凉气飘过来。岩石发出低沉的轰鸣声，生长在岩石间的小草被水淋透，微微颤抖。这濡湿的绿好像融化了，流进云蒸霞蔚的瀑潭里。

我的手被伦子抓住，她小声说了这么一句：

"这里的风好冷啊。"

就在这一瞬间，一段记忆复苏了——我很小的时候，与尚在人世的父亲、母亲和姐姐一同来参观的，该不会就是这挂瀑布吧？

不用怀疑了，是这儿没错。陈旧的记忆中，父亲穿一身深灰色服装，脊背微弓，背影依稀。还有身穿西式女服的妈妈、洋娃娃一般的姐姐，姐姐害怕水流坠落的轰鸣声，一只手紧紧抓住我的手……

我走在滑溜的岩石上，走到不远处的茶屋后，只见山谷中种植着成片的山葵，跟记忆中的情形一模一样。抬头仰望，大树枝条遮盖头顶，阳光透过枝叶的间隙泻下。想起来了，那时的我看到了一个从天而降的物体，小小的、闪闪的，仿佛是上天的某种启示。那是银灰蝶鳞粉的光辉，给我施加了极度的幻惑。

那一晚住宿旅馆的情形也浮现出来了。母亲和姐姐在谈白天听到的女郎蜘蛛的传说。过了一会，地板上铺好了床，吊起雪白的大蚊帐。母亲和姐姐很快就睡了。只有父亲点亮台灯躺着看书。我睡着后半夜几次醒过来，台灯依旧是亮着的。

半梦半醒间，我看见了瀑潭的幻影。在混沌飘忽的水底，不出我所料，女妖精盘踞于此，一袭耀眼的银白色装束。她面容姣好，和母亲有几分相似，可正因为是妖，所以有些可怖。幻影离我远了，形象缩小，又像是姐姐的脸了。

瀑布前握着我的手的伦子，你就像是母亲和姐姐的化身……

往事突如其来，徘徊逡巡，又静静地消散。不知不觉，我站在环绕罗滕堡城墙下。

我拾级而上，来到一处看似公园的地方，地面上密密地铺着褐色的落叶，被雨水打湿，走路时有几片粘在鞋上。走了一段，就在这些象征万物凋零的落叶下，我的眼球捕捉到了鲜艳的黄色、白色和紫色。我扒开落叶，原来是三色堇——这也太不合时节了。而且并非零星的一两朵，有些地方竟然密密匝匝地开了一大片。不知是不是秋天播下的晚开花的品种。

再往前走,来到一座古老的城堡前。圆柱形的瞭望塔、城墙上凿开的小小的射击孔、复杂而坚固的石砌构造,无处不体现出中世纪古城的风貌。说起来,刚才在街市上逛了纪念品商店,其中有不少陈列着古式的刀剑和短枪,以及陶制的或铁制的颇有些威严的啤酒杯。

城墙下树木繁茂,枝头挂着被雨水打湿的树叶,也有一些挂着小小的红果子。城中屡屡现身的黑色小鸟正在啄这些果实,俨然是童话世界中的生灵。

我连中饭都没吃,继续徜徉在这座处处可见沿街吊挂铁艺招牌的小城中。暮色降临时,我进了一家小餐馆,就着白葡萄酒吃比目鱼——是这回来蒂宾根的日本医生谈到的 Scholle,味道清淡,十分可口,值得回蒂宾根后向他汇报。

餐后,进了市政厅(未在使用)的大门,沿螺旋形的楼梯上去。二楼空荡荡的,光线很暗,费了好大劲才隐约看见木地板和挂在四周墙壁上的画。三楼更是昏黑,感觉有幽灵出没。

我有意攀登至城堡外部可见的尖塔,继续拾级而上,依然是没有人活动的气息。来到一个房梁裸露的阁楼,墙角坐着一位身着外套的老人,面前摆着一些细碎的纪念品和明信片等。他小声问我买不买,回答不买,他便让我支付五十芬尼的参观费。我掏出钞票递给他。老人点头,哆哆嗦嗦地手接过钱,放进钱盒里,表情反倒更加各色了。此人是这里的看守,在我看来,更像是鬼气森森的叫花子。

色泽黯淡的城墙、中世纪风貌尚存的街景、流淌着陶伯河的柔和自然、濡湿落叶下绽放的三色堇、纪念品商品中陈列的古式刀剑和陶器……好一个童话世界般的小城,而这次观光,却在刚才那阴森可怖的一幕中画上句号。

我原本微微期待的,从年幼的我面前消失的母亲的面容,最终没有浮现。

我乘坐早晨的火车,从小小的罗滕堡车站出发了。这是一辆老旧的铁锈色的柴油动力机车,没有包厢,只有长条凳和双人座椅。坐了没多久,就在施泰纳赫换乘,接着又在维尔茨堡换乘,接下来就是直达汉堡的快车。不善旅行的我不得不花费很多心思在换乘上面,所以在完成最后一次换乘,在包厢落座时,不禁长出一口气,点燃一支烟。

同处一个包厢的,有一位头戴礼帽、打着领带、身穿大衣的绅士,还有一对宽皮带配粗布裤、脚蹬运动鞋的参加"候鸟运动"的男女,两者形成鲜明对比。这对男女穿同色的毛衣,大概是恋人关系。男青年的前额发际线很高了,话说回来,当地男人的年龄很难通过长相来推断。

对面月台上有一位朝着出发列车久久挥动手绢的老太太。不料她刚停住挥手,一个转身扭头便走,果断又决绝。这里的火车发车时不响铃,分别时更添一份离愁。

过了一会,我所乘坐的列车也开动了。当天天气阴沉,乌云几乎触及地面。轨道两侧的地面逐渐有了坡度,金黄色、黄绿色的森林中,常绿树点缀其间。

视野变得开阔,曲线圆柔的丘陵此起彼伏,森林地表的草地像是除过草似的,打理得干净整洁。牧草地上,黑黑白白的牛羊成群结队,童话王国一般的小小村落以及民居的红屋顶映入眼帘。这一派风景在德国可谓是随处可见,但对于当时的我而言,等于是看德国最后一眼。这种心理我令把脸贴在车窗上,凝神望着窗外的风景。

正午时分,售货车来了。不知当时的德国火车上多大程度保留了这项服务,总之我是第一次遇到。我点了啤酒和类似甜点的面包果腹。窗外的树林中有白桦树夹杂其间。天空放了晴,白桦树的黄叶是如此鲜艳夺目,令我想起信州群山,还有上高地和三城牧场的风景。

在那个从少年迈入青年的过渡时期,我曾经有多少次,在去往三城牧场途中的落叶松林中,度过凝冻了一般的时光。手边摊着书本,几行字掠过眼,几行字沁入心中,夜不能寐的我即刻生出睡意,不可思议。微风起,一片树叶率先招摇起来,"沙沙"的脆响声在树枝树叶间散播开。我微微睁着眼,听见附近传来轻妙的旋律。慵懒的长笛独奏,音阶郁郁地升起来,又郁郁地降下去,幻觉(也许是梦吧)伴随幻听出现了:躺卧在灌木丛中的牧神缓缓起身,把芦笛搁在嘴边……我就这样躺着,任由幻觉纷至沓来:林子深处淡青色的树荫下,隐约可见梳理头发的宁芙女神的裸身。雪白通透的宁芙柔柔地往后一仰,这幻觉便消失了。我抬眼望树梢间漏下的天光,享受身下小草摩挲后背。柔软的针叶飘落,轻轻戳了我的脸……

汉诺威一带基本上是平地。我从旅行包中掏出《托尼奥·克勒格尔》,翻到印象深刻的文段读起来——这部分是克勒格尔和他的女知音丽莎维塔·伊凡诺芙娜之间的对话。

……春天不是工作的好时节。完全正确。这是为什么呢?因为这时候我们容易感动。那些认为创作者容易感动也无大碍的,是庸才。任何一个真正的艺术家,都会对半吊子艺术家的这种幼稚天真的观念感到好笑,可能笑得有些忧郁,但毕竟在笑。这又从何谈起呢?作家想谈的话题绝对不可能是艺术的核心,本身不过是无关痛痒的素材而已。重要的是,艺术家使用这些素材塑造美的事物时那种冷静超然的优越姿态。如果你太过于重视不得不说的那些话,如果你为此心潮澎湃,那么你注定失败。

是这样的,丽莎维塔。感情,温暖真诚的感情始终是平凡的、毫无价值的东西。艺术性,仅仅来自我们那有缺陷的、手艺人一般的神经组织所感受到的焦躁和冷静的沉迷,我们必须具备违背人性,或者说反人性的气质,必须对人性保持一种疏远和冷漠的态度,这样才能够演绎人性,玩味人性,用更好的效果去表达它,使它更加富有趣味。如果我们没有这些气质和态度,可能根本不会接触到这一行。风格、形式、表达方面的才能,以对人性保持冷静的挑剔为前提,进一步讲,它需要某种人性的匮乏和荒芜。

文学绝不是什么天职,而是一种诅咒!

这是吕贝克作家年轻时十分显著的反讽。以前的我并没有把这种反讽当作一种远离我的事物,而是一种生理上密不可分的东西。我因此深信,我的额头上生来便打着烙印。岁月变迁,如今重温这本书,对这些词句依然是赞同有加。由此我再次清楚地认识到,他的思想对我的影响有多么深刻,简直已经扎根于我灵魂的深处。托尼奥·克勒格尔又说:

丽莎维塔,请你听好了。我爱生活——这是我的自白。请你一定要理解我,我还没有向任何人坦白过。人们口头上评论我,写文章评判我,甚至还印成了白纸黑字——他们说我憎恨生活,害怕生活,鄙视生活,厌恶生活。我对此是喜闻乐见的,甚至觉得人们是在奉承我呢。但这终究不是事实。我,是热爱生活的。

我永远无法理解,为什么大家把怪异和邪恶当作理想来崇拜。生活作为精神和艺术的永久对立面,在我们这些异乎常人的人眼中,也绝非以鲜血淋漓的伟大或无情的美丽之类的幻影,也就是异常之物来呈现。寻常普通的、规规矩矩的、亲切可爱的事物,才是我们憧憬的国度,才是平凡而诱人的生活。一个人,如果将他最后的最深切的狂热倾注在纯粹的怪异或邪恶的事物上,而从不向往天真、简单和生机勃勃的事物,毫不渴望友情、献身精神、相亲相爱、普通人的幸福——总而言之,面对平凡人的喜悦,他们感受不到那轻微却带来灼肤之痛的憧憬,这种人,是很难称之为艺术家的。

有人情味的朋友。如果在人类当中哪怕只交一个朋友,我也会骄傲万分,幸福无比的。我这么说,你会相信我吗?但到目前为止,我所交的朋友,只是一些妖孽、小鬼、地底的怪物和因为认识而变成哑巴的亡灵——也就是那些文人。

我逐词逐句地阅读。早年,我就是带着一种忧郁的亢奋阅读这些文字的——一种与干涩的孤独同质的忧郁,还有孩子气的陶醉。而现在,我应该能够以更加从容的心态去读这部作品,与早年那种沉湎其中不可自拔的共鸣还是有所区别的。我有一些朋友,与文学无缘,但相处起来感觉还不错。我还认识一些精神病人,与他们相处加深了我对人的认识,乃是无可替代的宝贵经历。最重要的是,我和伦子相恋了,应该说在我的生活当中,微笑和苦笑五五对半,心情是得意而幸福的。

然而现在,就在不远的将来,我会离开德国,展开一场目的地未知的旅行(某种意义上讲已经知晓了)。一种旅人临行时必然体验的既期待又沉静的情绪,让我重新体会到早年阅读这本书时那种半梦半醒的陶醉。

我的心境变得非常伤感,合上书本单手拿住,眼望窗外,思绪飞回那个混乱的战后年代,我饿着肚子与吕贝克作家相识……一直追溯至如今这段岁月。火车有规律的震动令我越发伤怀。

车窗外，民居越来越多，也越来越大，越来越气派。我看了看表，时近黄昏，应该很快就到汉堡了。终于，几座拥有高高尖塔的哥特式教堂，与蒂宾根相比大都会派头十足的街景进入视线，没过多久，列车便缓缓驶进有着巨大玻璃穹顶的汉堡车站。

在我这种过惯了小城生活的人眼里，那么多的人，就像是潮水，那么多喧嚣嘈杂，充满了生机和活力。我下车，站在人来人往的月台上，也不马上迈步离开，而是把提包放在地上，观察起这座雄伟车站的内部情形来——有分别前拥抱的老年夫妇，也有脸贴脸的青年男女。

据那位夫人（她那天真的女儿和我谈过幽灵的话题）所言，我的父亲，应该也曾经站立在这个繁忙拥挤的月台上。出站前，我发现一处乘客们站着吃东西的餐厅，走进去瞧——食客们都把两根细细的香肠搁在纸盘里，蘸着辣椒吃。蒂宾根也有这种细香肠，但眼前这一幕的确是初次目睹。我也点了一份。这种香肠叫作 Würstchen，热气腾腾的，蘸着辣椒吃正好，也是上好的下酒小菜，价格还便宜。我吃完一碟又买一碟，总共吃了三碟，喝了两杯啤酒。

"好了，晚上不用再吃东西了。"我心满意

足——这个念头是我三年来的节约习惯使然，其实为了这趟旅行，我带了不少盘缠。

到达酒店，我只把上衣脱了，躺在床上休息片刻。从早晨起坐火车直到傍晚，我清晰地感受到肉体的疲劳，但一股从心底涌出的莫名的亢奋不时地提醒我：不能就此休息，否则也太没情调了。

我躺在床上，看从酒店前台取来的城区略图，打定主意——去大名鼎鼎的啤酒馆"奇列塔"。它的附近，是同样名声在外的圣保利街。

"那儿有最正宗的红灯区嘛。"

——耳畔响起新来的日本留学生的话。我苦笑了。我没有寻花问柳的意思，倒也想一探究竟，长长见识。

躺了将近两个小时，起身披上雨衣出门。我没有搭乘计程车，步行前往。虽说距离目的地有好多路要走，一是因为时间尚早，那种地方待到夜深时才会兴盛繁荣；原因之二，走路是了解当地风土人情的最佳办法。

气温没想象的那么低，反倒是南边的罗滕堡更冷。我屡屡问路（一半是有意而为之的，目的是了解当地的大略），最终到达奇列塔啤酒馆——一幢霓虹艳艳的巨大白色建筑物。

啤酒馆的入口处有气派的衣帽架,我按啤酒馆的规矩,脱下外套,交给伙计保管(待会是要给小费的)。迈进场内,眼前豁然开朗,好一个无拘无束、洋溢着浓浓市井气息的大空间。

酒馆正面的舞台上,有乐队正在演奏,曲目以民谣为主,间或演奏其他国家流行的曲子。男女老少形形色色,围坐在一字排开的长桌四周,人人手举硕大的啤酒杯开怀畅饮。舞台前的空地上,就连耄耋老人也在跳舞。

我在大厅一隅落座,也点了一大杯啤酒。身旁坐着一对老夫妻。眼窝凹陷长着鹰钩鼻的丈夫与我搭腔:

"我喜欢日本人,日本人很勇敢。"

他说话时舌头已经不利索了。乐队换了一支曲子,老者引吭高歌,还邀请我一道唱。可惜这支曲子我没听过。

此时此刻,傍晚在汉堡火车站攒下的酒劲早已过了,身处兴高采烈喝酒聊天唱歌拍桌子的人中间,我总觉得自己是来错了地方。情急之下灌下肚的啤酒换不来醉意。一杯落肚后,我赶紧把空杯递给路过的女服务员:"再来一杯!"

邻座老人见状道:"你可真能喝。"话音未落,"啪"一巴掌打在我肩上。老头子的这一巴掌势大力沉,打得我不禁"啊"地喊出了声,表情痛苦,又像个傻子一般强颜欢笑。

这时,不远处欢声雷动。一位头戴三角帽的绅士站起身,挥着手像是在推辞什么。周身的人则不停地怂恿起哄,连推带搡地把他送上舞台。邻座老人告诉我,乐队的指挥时不时走到客人中间,把自己的三角帽戴在客人头上,被戴上帽子的顾客就得担任下一支曲子的指挥。再看那位绅士,手持指挥棒,脚步蹒跚,摆出指挥奏乐的样子。之后的事情就交给乐队搞定。演奏终了,大厅里爆发出哄笑和喝彩。

现场兜售一种叫"施坦因海卡"的烈性酒,装在小小的陶罐里。大家喝一点烈的,让口舌恢复生机,继续灌啤酒。面前的年轻人将普通啤酒和黑啤酒混在一起喝。乐队一度奏响日本民谣《樱花》,舞台近前似乎是有一群日本人。

记不清在这里待了多久。我喝了三大杯啤酒,有了浓浓的醉意,心情也畅快起来,于是离开人声鼎沸的啤酒馆,动身前往圣保利街。若说起当时的心情,终究是怀抱着淡淡的期待和一丝冒险心的。夜色深浓，店家灯火通明，走到游人如织的圣保利街时，心情更是如此。

实际所见令我十分失望。在这片所谓的"红灯区"转了一圈，所见女性无不是肥满非常，浓腻的妆容难掩其憔悴病态，阴惨，淫靡，令人厌恶，更别提什么赏心悦目了。即便是烂醉如泥，我也不会踏进半步。

我折回大街，观赏路边店头烤全猪的情形。一头大猪被烤得"吱吱"作响，有客人来，店家用刀熟练地削下几片，用蔬菜和纸包好递过去。这里也有卖醋泡鲱鱼的。我点燃一根烟，看了一阵这健全的市井风情，而后收拾好心情，又在大街上走了一段，拐进一条小巷。这里，门面高雅精致的酒馆开了一路。

透过临街的窗户，能瞧见位于地下的酒馆的内部情状。我进了一家客人不多的店，在店堂角落的小桌边落座，叫了啤酒。这回是小口抿着喝的。

喝了一半，桌上的电话响了，这时才发觉它的存在。我拎起听筒，一个轻小而含糊的声音传入耳鼓：

"Hello, are you Japanese?（你是日本人吗？）"

原来这里就是所谓的"电话酒吧"呀——我一下

子反应过来,用德语回答:"是的。日本人。"对方也改用德语说:"我是五号桌的。我有好多日本朋友呢。我可以去您那桌吗?"

我略微有些激动,环顾四周。每张桌上都有大大圆圆的号码牌,我很快就找到了五号桌。桌边坐着一位打扮清爽、体态苗条的女性,面前摆着小小的酒杯。她把电话贴在耳边,望着我,露齿微笑着。

我看不清她的长相,只看见她那一头垂至后颈的茶褐色头发,还有那亲切自然的微笑,甚合我心意。

"您方便吗?我看您是一个人来的。"

听筒里再次传来含糊的话语声。就含糊这一点来讲,感觉和伦子的声音有点像。

"请便。"我说,"欢迎您来。"

"谢谢!"电话中的声音刚落,她站起身,手里拿着一个提包,快步走到我身边落座,同时说道:

"晚上好。"

"晚上好。"

我醉得厉害,隐约记得曾几何时,和某人进行过一场类似的没什么意义可言的对话,仿佛梦中呓语。

"您喝点什么?"说话间,我盯住她那褐色的瞳仁看。它的颜色和头发的颜色一样,是鲜明的黑褐色，令我联想起可爱小猫的眼睛——与之形成鲜明对比的，是她略显骨感的面颊。说到底，她以卖笑为业，但身上找不到一丁点灰暗的影子。

"你说话太客气了。随便一点。"她说，"我名叫布丽奇特。日本客人嫌我的名字长，经常拿'布丽'或者'奇特'叫我，逗我玩呢。你叫什么？"

"我叫阿明。"

我信口胡诌，想必是自我保护的心理在作祟——我不想在恶名远扬的圣保利街女人面前吐露真名实姓。

"阿明，好名字。"她说，"你是船员？"

"不是。留学生。学医的。"

"是嘛。难怪德语说得那么好。"

"我在蒂宾根，没觉得我口音很重吗？你的话我也有些听不大明白。对了，喝点什么？"

"不介意的话，"她表现得很客气，令我有些意外，"我可以点葡萄酒吗？"

心想这种店的红酒贵得离谱吧，结果我错了。身穿黑服、个子高挑、殷勤得不能再殷勤的侍者端来酒单，有十马克的莱茵葡萄酒，尚属廉价。我点了十二马克的圣母酒。

侍者取来瓶身挂着露珠的冰凉红酒，用一个很有些派头的开瓶器拔去木栓，仪式感十足。接着他往酒杯中少许斟了一点，让我品味。在酒吧喝酒，我没有存酒的习惯，因此这方面的经验少得可怜，每次总以一句"很不错"应付了事。

我和她碰了杯，再拿她仔细端详一番。布丽奇特给我的整体感觉是清爽干净的。我在德国一直过着洁身自好的生活，没有拈花惹草。现如今，在最后的旅途中遇见这样一位女性，老实说，我很开心。

"你说你有很多日本朋友？"我问她。

"好多日本人来这里呢。有定期来访的船，还有常住汉堡的，来这儿旅游的，好多。我和他们喝酒跳舞，然后就喜欢上日本人了。"

"谈恋爱了？"

"谈了呀。"她朝我狡黠一笑。

"我有一种感觉，我会爱上你的。"我说。

不善打情骂俏的我如今也说出这种话，部分是因为旅行带给我的解放感，更多的是酒精的作用。

"你也是我喜欢的那款，否则我不会给你打电话的。我呀，在这方面还挺有主见的。"

终归是她们这一行的话术，倒是挺中听的。布丽奇特酒量不错，两人没多久便喝完了一瓶。

"再来一瓶？"

"我想想……"她的态度是十分收敛有节制的，"你如果愿意，去能跳舞的地方怎么样？"

我不怎么想跳，却也听从了她的建议，去了一家有女子乐团演奏的舞厅。我点了莱茵葡萄酒，一下子来了兴致，和布丽奇特跳起舞来，笨手笨脚地。醉意袭来，时不时与她一道东倒西歪。

她不时口吐一些听上去是日语的单词，后来我才明白那些词是低地德语。她只会说一个日语单词，而我的德语也是水平有限，一会儿叫她"你"，一会儿叫她"您"。

我们跳着舞，布丽奇特终于轻轻地在我耳边说出了她的真实目的——今晚共度良宵吧。醉意令我无法很好地思考，但始终甩不掉金钱开销方面的念头。三年留学生活养成的节约和抠门已经深深根植于我的意识当中。我自然无从得知这方面的行情，红灯区的女人想必不会太贵，但活动于"电话酒吧"的女人，大概很高级吧。我满心逡巡和羞耻，横下一条心问她：

"多少钱？"

不料她回答道：

"随您心意。"

我反复问了多次，她总归不改口，于是我向她强调"快餐"即可，她摇了摇头，说：

"别嘛，很舒服的哦。"

但我固执己见。说来挺难为情的，比起风流快活，我更在意自己的荷包。起初她提议去她的公寓，我心想还是当成一桩买卖来得安全，坚持去附近的酒店开房间。随后，我和她进了附近一家堪称脏乱的旅馆，她和酒店前台的人交谈片刻，回来说现在没房间了，还是去她的公寓吧。那样还便宜。

打车去她家的路上，我心中隐约萦绕着不安，就像个孩子。不到五分钟，就到了她所居住的公寓，沿着昏暗的螺旋楼梯走到三楼。说来也怪，就在走进房门的一瞬，刚才的不安消失了。房间不大，靠墙的架子上满满地排着熊、考拉、狮子之类的动物玩偶，大部分是布偶，布丽奇特一手指着它们对我说：

"都是我的男朋友哦。"

她说完笑了，笑容挺可爱。随后她忙活起来，在桌子上摆上红酒、橙子，供我吃喝。她又拿来四十来张日本人的名片给我看，有些人的头衔还是大学教授、董事长之类。

"能不能要一张你的名片?"

"我没有名片。"

"真难得。我挺喜欢日本人的,可他们也太爱给名片了。"

布丽奇特又取来好几张照片,是她和几个日本人在夜总会的情形。之后她问了我的生日,用占星术给我算命,滔滔不绝地讲解我的过去、现在和将来的命运。

"你有爱的人。"

"现在吗?"

"是的。"

自从走进这间氛围良好的房间,她没有流露出一丝催逼的神色,陪我东拉西扯地聊天。又过了一会,她推倒了沙发床的靠背,麻利地铺好床,亲了我一下,说:

"我们睡吧。"

她说着便大大方方地当着我的面脱起衣服来。我也无比笨拙地脱起衣服,不知道眼睛该往哪看。回过神来,布丽奇特已经是一丝不挂了(身材苗条,但比伦子更肉感一些),只剩袜子还没脱。她躺下来,以一种含糊的腔调对我说：

"来啊，阿明。"

……时间过得很快，又好像过得很慢。这段时间里，我两度登上快乐之巅。事后，我体会到一种极度甜美，却又黯然神伤的心境。布丽奇特望着我笑，像是在逗弄我，同时迈进房间一角的坐浴桶清洁身体，毫无遮掩地。

布丽奇特频频邀我在她家留宿。我谢绝之，穿上衣服，将若干张纸币对折（金额是我苦思冥想后得出的，恐怕是不多也不少），递到她手里。她看也不看便收下了，说了一句谢谢，又亲吻了我。

走出她的房间，我快步下楼。上方有声音传来，抬头仰望，见布丽奇特正靠在三楼的栏杆上，朝下面挥手，我也挥了挥手，却因此差点打趔趄。

"路上小心。再见！"

布丽奇特那低沉模糊的声音将我送出了那幢老旧的公寓。她说的没错，的确是很舒服，但哀伤和悔意也涌上心头。

第二天，睡到几近中午。因为宿醉的关系，起床后头脑昏昏沉沉的。昨晚我上了一辆碰巧路过的计程车回到酒店，期间的记忆是断断续续的。中午出酒店,前往气派非常的汉堡火车站,寄存了行李,然后像昨天刚到时那样,恰如一个刚进城的乡下人,津津有味地观察起车站宽广的内部空间——不少旅客匆匆忙忙地赶路,也有人将大件行李交给头戴红帽的搬运工,自己不慌不忙。我又逛了逛各种各样的小卖部,最后又去买了热气腾腾的细香肠来吃。

出了火车站,天气好得出奇,到处可见教堂高耸的尖顶。话说回来,我提不起兴致去参观那些建筑。

看地图,湖应该就在这附近,便朝那边走去。没走多久,就看见在绿油油的草坪的另一头有一大片湛蓝的湖水,还有许多海鸥,有的在湖面上空飞舞,有的漂浮在水面。附近一带俨然是公园的模样,灌木丛间散步小路绵长不绝,长椅四处可见。我在一张长椅上落座,昨夜风流依稀浮现脑海,又牵扯起有关伦子的林林总总。我不由得闭上眼睛,似乎有一种沉静的寂寥感,令我心头泛起微澜。

我提醒自己,今天是难得的好天气,不可如此丧气颓唐,应当体味旅行乐趣才是,便动了乘船游湖的念头。去了位于某酒店下方的码头,那儿系着几条游艇。游船还需要再等十五分钟左右,十来位游客坐在长椅上等候。我随便找了个空位落座,忽然发现身旁坐着一位年龄应该未满二十的日本女性。

旅途中偶遇日本同胞,总会有些尴尬。她是圆脸,并不合我的品味,却有着一份少女特有的纯真。看样子她没有旅伴,隔着身前人的肩膀无所事事地望着湖水。她撤回视线时,正好与我四目相对,流露出些许慌张,轻轻对我点头致意。我开了腔:

"你是日本人吧?"

"对。"

"住在这里吗?"

"是的。"

对话到此结束。

过了一阵,我忽然想起一件事——刚刚落座时,我起了一个孩子气十足的念头:在汉堡的东京银行中存一笔钱。这样做就像是往罗马的许愿池中抛硬币,有朝一日或许会重游此地。可是要找到东京银行所在并非易事,我当即打消了这个念头……

"不好意思。"我对少女说,"您知道东京银行在哪儿吗?"

"嗯。我知道。"

她给我指起路:在下一个码头"少女堤"下船,之后如此这般……不久,船来了。没开出多远,就从一座黑色的颇具风情的双眼拱桥下驶过,令人心旷神怡,可惜船很快靠了岸,我还远没有尽兴。

少女没下船。我向她道谢后作别。若说没有一丝留恋,那是骗人的。

东京银行在一幢老式建筑的二楼,一楼是卖服装饰品的。有升降式电梯,电梯没有门,相连的轿厢挨个往上走。我一跃而上,心里有些后怕。

就如我事先计划的,我在这家银行开了账户,存进一百马克。虽然总的说来是闹着玩的,但这一笔钱对于我来说并不是小数目。尽管如此,我还是坚持把这件事给做了。

完事后,我在银行周边逛了逛,折返回海鸥翻飞的码头,坐船回到巨大的汉堡车站。时近黄昏,我登上前往吕贝克的列车,朝着眷恋已久的梦想之地进发,不到一个小时的车程。我的心脏开始幽幽地颤动。这份心情究竟来自何处?列车开动后,我反倒板起了脸,取出小书《托尼奥·克勒格尔》,翻到后半部分,目光追索着细小的铅字。

第六章

离目的地很近了。

合上书眺望窗外，农田和稀疏的树林进入视线，远处的地平线上，有几缕淡淡的云，红红的圆圆的夕阳正往下沉。不多久，民宅多了起来，列车驶入车站。

《托尼奥·克勒格尔》中不是有这样的一段吗？

> 当列车驶进煤烟弥漫的窄小车站时，沉闷的下午已近黄昏。多么熟悉而亲切的地方！滚滚黑烟在肮脏的玻璃屋顶下升腾，而后分解成若干细细长长的烟带，缭绕着消散。

我身处一个陌生的车站，却感觉莫名地亲切。眼前尽管没有"滚滚黑烟"，但玻璃穹顶的确是脏污得发黑，显然是煤烟所致。我下了车，站在月台上，放下行李伫立片刻，用心感受这座古朴而雅致的小车站。年少时，我沉浸在吕贝克作家的作品里。那时的我，可曾想过将来有朝一日拜访此地吗（哪怕是在梦中）？答案是否定的。战争结束后，民生凋敝，当时的我连吃顿饱饭都困难，做梦都没想过出国。现如今，自己真真切切地站在这座站牌上写着"吕贝克"的车站的月台上，恍然如梦。

过了一阵，我跟在其他乘客后面，最后一个踏上通往出站口的台阶。连台阶也是木头的，颇有些年头了，我心头上骤然涌出一股姗姗来迟的喜悦，一种夙愿得偿的满足感，以至于双颊在颤抖。当计程车通过吕贝克那宛如童话世界一般的城门（两个带有尖顶的敦实低矮的圆柱体）——霍尔斯滕门时，这份心情变得愈发强烈。

计程车驶过广场，下桥后马上右拐（倘若直走就进城区了），便是我在汉堡观光时就预订好的酒店。

我由侍者领着上了二楼，楼梯嘎吱作响。稚气未脱的侍者对我说：

"电梯出故障了。您别担心，一两个钟头就能修好。"

说着将我领进一间床上铺着暗绿色床罩的双人间,陈设布置有些沉重压抑。我往孩子手里塞了几张钞票打发他走,自己在挺结实的椅子上坐下,点了支烟,没过多久便坐不住了。一种亢奋的感觉在体内燃烧,催促着我,令我心神不宁。

我终归表现得与日本同胞那样,火急火燎地披上雨衣,走出房间,走下嘎吱作响的楼梯,把钥匙递到面带讶异神色的前台伙计手上,径直迈出酒店。

酒店外,天色有些暗了,运河水黑魆魆的,静静流淌。我取道大路,朝闹市走去。这次到访吕贝克,一方面是因为这座城市是那位作家的故乡,更重要的目的,是想看一眼出现在长篇小说《布登勃洛克一家》中的那所大宅,也就是"布登勃洛克之屋"。它是作家祖母的宅子,二战时遭空袭化为废墟,只有正面的墙壁免于战火,此后也得到了修复。

我并不知道具体地点,只当那里是本地名胜,找人问问路就知道了——事实证明我错了。我一连问了几个路人,都是摇头。见书店还在营业,走了进去。一如德国的任何一家书店,这里也有一位灰色眼睛、和蔼可亲的年轻女店员。

"有什么能帮您的?"她朝我微微一笑。

我先是买了市区详图，然后询问她"布登勃洛克之屋"所在。女店员表示很熟悉，说：

"您在那边路口往右拐，往前走一段，就能看见高高的玛丽亚教堂。就在教堂对面，现在成了银行。"

同时比画着给我说明方向。她的手指又细又柔，用它们来拯救我于心虚不安之中，再适合不过了。

玛丽亚教堂很快就找到了，高耸的大尖塔矗立在夜空下，气势凌人。此时此刻，我清晰地感受到自己心脏的搏动，几乎是战战兢兢地，朝街对面的建筑望去——没错！它就在那里。照片上的那座白房子，熟稔于胸的建筑物，如今就在眼前。

我感到一阵强烈的晕眩，近似于少年时与暗自恋慕的少年少女不期而遇时的心跳加速，也和邂逅浅黄斑蝶时的兴奋激动相仿。与此同时，我也感到轻微的失望——《布登勃洛克一家》的读者，恐怕都会和我一样失望吧——小说中的布氏大宅，应该比眼前所见之物更大，更豪华吧？心中百感交集，当即横穿马路，站在这座白色建筑的前面。大门上方有"Volksbank（大众银行）"字样，眼睛透过黑暗仔细看，下方的墙面上雕刻有建筑的历史沿革。

"明天再来一趟吧,做些笔记。"我打定主意。

随后,我回到玛丽亚教堂下,凝望马路对面布登勃洛克大宅的全景——窗户黑黑的,没有一丝灯火——长达二十多分钟,把它铭刻在心。这时,教堂传来沉重庄严的钟声,响彻夜空。钟声散去,余音犹存耳际,夜色仿佛愈加浓了。

我慢悠悠地折返,体味着脚下的石板路。走了一段,我似乎走进了一段拱廊,是市政厅的拱廊。市政厅有地下餐厅,大多高档气派。我打定主意吃一顿丰盛的晚餐,以纪念今天亲眼看见布氏大宅。

餐厅的装潢真是典雅又隆重。我在一隅落座,点了一份添加了鹌鹑蛋黄的浓油肉汤、一只龙虾和一份小牛排,红酒也选了高级的。龙虾真大。侍者拿活物来给我过目,那家伙挥舞着硕大的钳子,仿佛在努力展现自身的美味,倒让我有些于心不忍。葡萄酒芬芳醇厚。我开始享用小牛排的时候,已经是醉醺醺的了。

我的心游荡在无边无际的幻想世界。这里是什么地方?哦,是那位可敬的作家的故乡,我身处市政厅的餐厅……刚抵达吕贝克车站时,我还有些半信半疑,仿佛置身梦境,但毫无疑问,这里是真实的世界，我终于踏上了这片土地。

这时，我想起了阔别十三年回到故乡的托尼奥·克勒格尔。他被误认为是骗子，受到警察质询。据说是作家的亲身经历。

且说眼下在此用餐的我，在别人眼里，在身穿黑色笔挺晚礼服的餐厅领班眼里，莫不是一介可疑人物？没错，我的确打了领带，但西服皱巴巴的，满是褶子。尽管我年逾三十，但由于身材矮小，在德国人眼里也就二十岁上下——我一个"毛头小伙"，大摇大摆地迈进市政厅餐厅，吃着大龙虾和小牛排，是多么不协调啊。那餐厅领班，或许心里正痒痒，恨不得现在就走过来这样质问我：

"先生，这是您的账单，金额如此。您付得起吧？"

现实中没有发生这种事情。我示意结账，领班随即毕恭毕敬地端来账目。我模仿吕贝克作家，多给一些小费，领班毕恭毕敬地鞠躬道谢。

——当夜，我上床就寝，久久不能入眠。明天的我走起路来，恐怕是步履蹒跚的，展现在我眼前的，又会是怎样的一幕图景呢？我展开想象，随之而来的不是睡意，而是亢奋。

我自然而然地联想起在汉堡和布丽奇特度过的那晚,甚至回想起她的柔舌,还有那匀称健美的裸体。旅途中的春宵一刻,想必会成为一段美好的回忆吧。不可避免地,伦子的身影也浮现出来了。瘦一些,但那柔软的肉体却令我倍感亲切。我仿佛听到她在耳边低语:

"来啊,亲亲我。"

第二天起床,开窗一看,吓了一跳。昨天还是晴朗的好天气,如今满眼是茫茫的雾。运河、教堂的尖顶,都笼罩在朦胧的水汽里。我心想:

"这样更好,更适合这座北方小城。"

吃着早餐,心中既有撩人的期待,又在沉思着什么。饭后,我穿上厚衬衣,披上雨衣,阴沉着脸(我的自我感觉)走出酒店。去哪儿?心中没数。暂且先去"大众银行"吧,把墙上的历史沿革抄写下来,再去参观玛丽亚教堂。

走到大街上。不远处,一列小得出奇的有轨电车正往前开,中途停下卸客载客,又慢吞吞地挪动起来。布登勃洛克之屋与昨天所见并无二致,银行正在营业。我走进去看看,不过是一家极其普通的银行罢了。唯一的纪念，是左手边墙壁上吕贝克作家的肖像浮雕和诺贝尔奖的获奖纪念牌。来银行的客户中好像没有人留意它们。

出门时，雾似乎较先前有所淡化，但远景仍然模糊不清，尤其是那低沉的灰云，重重地压在心头，与冻人的寒意一道，令我意气消沉。

就在这时，我看见了——就在高耸入云的玛丽亚教堂一侧，在灰色的雾和层云的彼端，乳白色的太阳依稀显出轮廓。正好是他在小说中描绘的景象。伫立路边，抬头看天上这轮孱弱、寂寥，又有些忧郁的白色圆盘，觉得自己的心正在回溯过去的时光。

玛丽亚教堂雄伟壮丽，但其幽暗寂静的内部空间令我心情深沉，种种茫然的思绪滑在心底。走出教堂，迈起步子，要去向何方？不知道。我只想在这个冷雾所包裹的、遍布山形墙房屋的城市当中一味地走下去。

托尼奥·克勒格尔在少年时代，暗暗地恋慕金发碧眼的美少年汉斯·汉森和同属金发碧眼的美少女英格堡·霍姆。这附近好像有他们就读的学校，还有托尼奥和汉斯一同散步的堤坝的旧址。我无意去寻访那些，而是拐进一条小巷，迷迷糊糊地独行于略呈上坡的石板小路上，暗自期待托尼奥所倾心的金发碧眼的少男少女——他们会不会蓦然出现在前方的街角呢？

事与愿违。一个古怪的、甚至有些可怖的人物出现在视野中——一个侏儒，顶着一个难看的又大又扁的脑袋，身体却完全没有发育，给人以虎头蛇尾之感。只见他快速摆动两条短腿朝前去，就在拐进一条巷子的时候，忽然将他那张比普通人还要大的脸朝向我。我不由得打了个寒战，像是身处噩梦之中——不单单因为那是一张大人的脸，更是因为它让我感到了衰老和丑陋。对于残障人士抱有厌恶和嫌弃，这份心情让我心生罪恶感。即便如此，当走到侏儒刚才拐弯的街角时，我悄悄地观望远处他碎步前行的背影。

之所以这么做，是因为我深知，在吕贝克作家所具备的明晰的逻辑、抒情以及丰富的幽默之中，同时暗藏着黏腻的东西、朦胧似烟之物、令人不寒而栗的超自然之物。我不由得这样想：

"就连雾中行走的侏儒，也和这座城市十分契合。"

心情更加忧郁了。我继续往前走，漫无目的地。

且说这座中世纪风格浓郁的城市，比我想象的小太多了,没走多远就到了汉莎港。几条船系在岸边,大型仓库的后面,吊机正在工作。特拉维运河水色深深,缓缓地流淌着,水面上浮着一些树叶。多少年前,这里也是这一幕景象吧?布登勃洛克商会的货物,莫非是运进那些老旧仓库的?

沿着另一条路往回走,两旁依然全是山形墙砖房。途中遇见手持拐杖一瘸一拐迎面走来的老人,也遇见了两个相伴而行、边走边吃蛋糕的年轻女子,还看见街边肉铺店头悬挂的兔子和野鸡,有的店出售形貌粗犷的奶酪和面包,我也是近距离端详了一番。形状仿拟煤气灯的街灯给我留下深刻的印象。

走着走着,不知不觉走到位于城区另一侧的那条运河边,河水宁静得像池水。岸边树木倒映在水中。几只野鸭在游,就像在水面上滑行,身后拖着游行的痕迹,漾起幽幽的波纹。

至此,相当于是环绕这座汉莎同盟的古老小城一周了。

有一家中餐馆。找到这家店让我很是开心,点了炒饭果腹,在市政厅广场打车前往火车站,购买去特拉沃明德(离吕贝克不远的海水浴场)的火车票。

托尼奥·克勒格尔是乘船从吕贝克出发去丹麦

的。我咨询酒店的工作人员，得知无论是从吕贝克出发的船还是从特拉沃明德出发的船，因为眼下是冬季，所以班次间隔很长，不适合我的旅程安排。话说回来，那片海岸是小说的背景地，我总归是想看一眼的。

夏季繁荣昌盛的海滨浴场，如今空荡荡的，令人心生悲凉。沿着宽阔的散步道路安装有低矮的栏杆，往下走一段，道路两侧是略略发黄的白沙滨，一望无边，没有游客。往下一直走到沙地，朝大海走去。沙地松软，脚深陷进去，不好走。

大海波澜不惊，呈现均一的暗色调，延展无垠。海面上方暗云低垂，地平线几乎看不清了。海岸边也很安静，几乎是一摊湖水，有些被海水冲打到岸边的褐色水草。我蹲下，看缠成一团的海草，嗅淡淡的潮香。

这里是《布登勃洛克一家》的女主人公安东妮和不久后夭折的汉诺夏天尽情戏耍的海岸。少女安东妮就在这里和一位学医的小伙子（理想主义者）展开了一场稚嫩的恋情。这段恋情很快就暴露了，两人被生生拆散，安东妮被前来接她的兄长托马斯生拉硬拽进马车。就在这片海滩，这对恋人不得不离开对方。

爱情，必然伴随着苦涩。这事我懂。

我感到了寂寞，一种郁郁的、夹带着悔意的寂寞。蹲在水边，目睹眼前灰暗无声的大海，这份心情愈演愈烈。对了，我和伦子初次见面时，她说的第一句话是什么来着？"不胜惶恐"？

离开空无一人的海滨浴场，心境恰如阴沉的天色。回到吕贝克之后，找了一家古旧素雅的餐厅，吃了一顿简朴的晚餐。当晚就寝后涌上心头的，是对于伦子的怀念，恰似浓浓的乡愁——

我俩第一次去新宿的烧烤店，之后在酒吧她难受得吐了，吐完倒来了精神……夜晚，在神宫外苑，我俩手牵手散步，小心翼翼地，心惊胆战地……在一家寒酸的情人旅馆，我和她第一次结合，事后我在日记本上写了"今晚，我和小伦做了夫妻"……参宫桥那所大宅子里办舞会，嘈杂喧嚷，伦子不慎掉了我递给她的硬币，两人蹲地寻找时，触及对方的手……我搞错了约会地点，目睹伦子和她的老公上了计程车离去，感到愤怒和不甘心，进而被荒唐的嫉妒心冲昏了头脑，快步走在黄昏的商业街……在开往轻井泽的夜行列车上，我俩度过了愉快的深夜时光，在熊之平车站，又置身于山间的凉意和从天而降一般的暮蝉齐呜……在伦子家中，我大胆地享用了她亲手做的晚餐。餐后，我俩在客厅的暖炉前，看燃着小火苗的柴火，听从木柴断面渗出的树脂滴进火中，哧哧作响……

后来发生了一起令我混乱错愕的事情。正是因为这件事，我才下了狠心和伦子分手，坚定了去德国留学的决心。

事情发生在我来德国半年前。伦子突然给医研室打来电话，她的声音是惊慌失措的，和平时大不一样。

"亲爱的，大事不好了。能不能尽快见个面？就在白天。"

"大事不好？怎么了？"

"见了面再说。"

那时我已经是高级助手，带着一个新人当手下，下午三点后就能外出。我和她在距离千驮谷车站很远的地方碰了头。这个地点也是伦子指定的。她神色不安，在前往去过几次的旅馆的路上，频频回头观望。就在旅馆的一间客房中，我得知了一个晴天霹雳般的事实——我和伦子的关系被她老公发现了。

"都怪小伦，我是笨蛋。你寄给我的信，我都用袋子装好放进抽屉了,心想老公总不至于去开抽屉吧。结果,全都被他看了个遍。"

"然后呢?怎么样了?"

"他在卧房里动手打了我,扇扇子似的抽我耳光,脸都被打肿了。"

"什么时候的事情?"

"三天前。他今天出差,所以我横下一条心来找你商量。"

"他是怎么讲的?"

"让我马上和你了断,今后当一个配得上这个家的主妇,既往不咎。他又说了,离婚是不可能的。"

我甚至不知道该如何思考。脑子疯狂地运转,但产生的任何念头都被无法抵抗的洪流冲走了。

"我害怕。老公很有可能会雇私人侦探,所以今天来这儿,小伦费尽了苦心,生怕有人盯梢。"

我的头脑反倒是一片混沌,不拿正眼看她。我俩的身边是寒酸的床,没有铺开的被褥看上去格外地不洁。

"怎么办才好?"我打破沉默,"你怎么想?"

伦子也不说话,脸是青的,过了好一阵才自言自语似的开了腔:

"我们要不还是分开吧？"

"你怎么说这种话？"

"这可是为了你好呀。我是自作自受。从今往后，见面会越来越困难的。还有，你是想结婚成家的吧？"

"我想和你结婚……不可能吗？"

"很难的。我有孩子……除非他赶我走。"伦子深深吸了一口气，小声咕哝着，像是说给自己听，"你还有前途，我算完了。"

"前途……"我反复玩味着这个词——没什么感觉。充斥我内心的，只有无尽的空虚。话说回来，细细思量，伦子说的对。和她分手，无异于忍痛割爱，但站在现实的角度，我一天不和她分手，就一天不能结婚。这是个相当自私自利的念头，但说白了，事实就是如此。

"你分得了手吗？"

伦子摇摇头，然后用一种哀求的口气大声说："你来想办法！"

我下了决心——去德国吧。前些天教授和我提过赴德留学，我还在犹豫。去了德国，在那里待个三年五载的，我和她的关系必然就断了。关于她的回忆，说不定也会变淡变浅（虽然很难想象会发生这种事）。我说了大概的想法。

"你果然是有前途的。"伦子轻声自语，随后用一种出人意料的洒脱语调说道，"就这么办吧！"

她无声无息地哭了，大颗泪珠夺眶而出。我蹲下，去舔她的眼泪，想哭的感觉频频来袭。我想吻她，她把脸一侧，拒绝了我：

"别这样，我会离不开你的。"

当天，我俩在沮丧中分开了。

——事实上，自从那以后，我和她还是会见面（尽管期间相隔好久）。我们总是在白天见面，总是战战兢兢的，饱受罪恶感的折磨。看样子，只要我一天不离开日本，我和她的关系就无法彻底了结。

最后一天来了。就在我出海远航的前一天，伦子狠狠地久久地，在我的胸口留下深深的吻痕。事后伦子对我说：

"这就要分别了。"

"嗯。"我轻声应答，全身像泄了气似的。

"小伦要笑着和你说再见。"话是这么说，她憔悴的脸上没有一丝笑意。

"嗯，我也是。"

"你要保重哦。"

"嗯。"

我和她各自说了些稀松平常的道别话，随后她打点起行装，背影落寞得很。但就在迈出旅馆后，她忽地绷起身板昂起头，走得飞快。来到大街上，碰巧遇见一辆空载的计程车，我俩的手指勾连在一起……这是我见她的最后一面。

躺在北德古老小城的酒店里，我屡屡翻身：

"不能再想了。回忆那么久，本来就是犯忌的。"我自言自语。

当晚，我睡得很浅，做了一个极度模糊、错综复杂、充满悔意的梦。

第二天，我被预约好的叫醒服务唤醒，睡眠不足，头很沉。但这一天的行程已经安排好，乘坐早班列车前往哥本哈根。慌慌张张地简单吃了几口早餐。

就在列车缓缓驶出蒙着煤烟的狭小车站时，我很难过，心脏像是被人揪了一把。在我心目中，这座度过两晚的小城，是我的第三故乡。我的第二故乡是信州。

吕贝克,一座拥有许多山形墙建筑的、狭小而紧致的城市,从我的视野中消失了,取而代之的是黄中带红的森林和田野。田野中,有几处群聚着数十只白色的海鸥。森林中,有一头鹿,表情淡然地目送驶过的列车。天气依然阴沉,但相比昨天,天空算是明朗多了。

很快来到了边检,要查护照。包厢中坐在我对面的,是一个商人风貌的男子,个子不高,身材微胖,给我的印象是木讷寡言、耿直可靠。他问边检员:

"到了海峡,我们要下火车,换乘轮船吗?"

边检员只答了一句:"连车带人,一起进船。"说完就走,一副爱答不理的模样。

"您听见了吗?连车带人呢。"商人看样子还想跟边检员再聊几句,现在只能对着我说了,"您知道连车带人上船是怎么回事吗?"

"不知道。我也是刚刚听说。"

"连车带人……"微胖男子自言自语了三回,鼻子哼哼喷出气息,"怎么个连车带人法呢?世上还有这么厉害的机器。您说呢?"

"我的天,怎么跟话痨坐一块了。"我心想。这样一来,好不容易酝酿出的悲切沉静的心境可就要毁了。我展开想象,他会不会跟我攀谈起来:"您有没有觉得北方人的口味重了些?所以我们才会得消化不良呢。对了,还有忧郁症……"毕竟包厢里只有我和他两人,真不巧。

我所担心的事情没有发生。这个人鼻子哼哼地频频喷气息,没过多久,头往后一仰,靠着椅背打起盹来,整个人软软地瘫着,睡相相当难看。我便把脸贴近车窗,没有任何人来打搅,得以沉浸在又酸又甜的旅愁中。宽阔的农田跃入眼帘,远处时不时有小小的荒村出现,可见暗红色的屋顶和教堂的尖塔。这一幕风光没有持续多久,列车驶过一座大铁桥后,我便看见前方有一片朦胧的水域。是河吗?不是,是海。

不一会,列车停下来。这里是海岸边的车站普特加登。列车安静地停着,随后传来低沉的震动声,似乎正在进行将整列火车拆分成几段的作业。这时商人醒了,他敞开车窗,探出身子眺望前方:

"呀,船就在跟前了哇。船尾的闸门开了。火车就这么开进去吗?好家伙,不得了。"

看他兴高采烈的样子,我也学着探头张望,雪白的船尾豁开一个大口子。每一节车厢的窗户都开着,乘客们都在看热闹。

"怎么没动静了？纹丝不动的。"男子说，"浪费时间。到底搞什么名堂嘛。"

说着他走出包厢，一会就回来了，说："说是在等后到的诺尔德快车。两列火车一块儿上船。这玩意儿，可真了不得。"说着又哼哼地喷了几下鼻息。

我倒没有像他那样心急，静观其变，期待新奇的见闻打散昨晚至今萦绕心头的郁结。

"船里面应该有铁轨吧。挺有意思的，不是吗？"我说。

火车消停了一阵，又缓缓运动起来，车厢嗡嗡震动，吱吱嘎嘎作响，没费多大劲就开进了昏暗的船腹，过程简单得出乎意料，最终停了下来。

"嚆嚆！"商人感慨无限，看了看窗外说，"乘客都下车了。航海期间人在船上活动，应该是这么回事。咱们也下去吧。"

我和他下了车，在钢筋铁骨纵横交错的船腹内走了一段，从一扇门走了出去，眼前所见的是典型的船内情形，散发着油漆的气味。沿舷梯往上走，来到甲板。透过圆形舷窗，看见室内是一个豪华气派的餐厅，整齐排列的餐桌上，铺着白晃晃的洁净桌布。

"我现在还没有胃口吃饭，就去喝杯啤酒吧。"

他像是发布声明似的,说完便走了进去。

我没有跟随这位有些啰唆的旅伴进餐厅,而是倚靠船舷朝下望。水泥码头边上安装了黑色的橡胶垫,船身紧紧地贴在上面。想必左右两侧都是这种设计,为的是夹住船身防止摇晃。遥望前方,是一片淡青色中泛些白的浩瀚大海。天边,海面与挂着薄云的天空相互融合,模模糊糊的地平线依稀可辨。

不料这时,商人快步走出餐厅,对我叽叽咕咕抱怨起来:

"这里是自助餐厅,说是想喝啤酒的话得往上走一层。真是岂有此理。"

说着便慌慌张张地爬上舷梯。我没有尾随。因为我有一种预感:跟着他,说不定会惹上麻烦或是闹出笑话。况且现在船已经开了。雪白的船身极其缓慢地前进。海面是平静的。船头劈开海水,沿着船舷泛起一片极其细碎的泡沫,向后方漂荡着远去。

托尼奥·克勒格尔乘船前往丹麦的旅程充满了艰辛——云被大风撵着跑,掠过苍白的月。狂暴的波罗的海正施展淫威,辽阔的海面被撕裂,被击碎,被搅拌得一塌糊涂……偏偏就在这时,一个红着眼睛、面部潮湿得就像刚刚从浴缸出来似的年轻商人,硬是要和他套近乎，展开一段愚蠢无聊的对话。

但现在，我眼前的大海是波平浪静的。随着船驶离码头，海水逐渐带上阴沉的深色调，总归是平静安宁的。侧前方有一艘小小的渔船，见它毫无颠簸摇摆的迹象，开得十分平稳。微风拂过我的脸，朦胧了我的眼，诱我昏昏欲睡。苍茫的大海、柔和的海风，将我从昨晚纷乱如麻的思绪和梦境中拯救出来。说来也怪，一点也不冷。

我倚靠在栏杆上，全身心体会眼下这安稳的航行。过了一阵，也动了去别处走走看看的心思，顺着舷梯往上走。这一层是自助式的快餐厅，还有货币兑换点和免税烟酒商店。我把一些德国马克兑换成丹麦克朗，买了几包美国烟，又坐在角落的小桌边喝了瓶装的嘉士伯啤酒。走出去，沿着舷梯再往上，就到了上甲板。

这里摆着涂刷成白色的长椅和圆桌。那个商人坐在其中一张桌边，臂弯搂着纸袋（应该是在下层买了东西带上来的），面朝身旁一位身穿厚外套的老妇，嘴里不停地说些什么，一边拿手比画着。我避开他，走到甲板的最前端，看船头劈波斩浪，再一次享受海风轻拂面颊。

航海全程正好一个小时。隐约看见对岸的几台起重机和平坦的土地。那是平淡无奇的丹麦大地。此时广播响起,乘客们纷纷返回车厢。商人也怀揣纸袋回到车厢,说:

"我买了两瓶威士忌。我这个人呐,睡前不喝点小酒就睡不着。"说着哼哼喷了几下鼻息。

渡轮的前部敞开,列车驶上陆地——全程耗时良多,用商人的话来讲,这叫"磨磨蹭蹭"。期间边检员来检查护照,在上面盖章。

列车开动之后,就没什么特别值得一提的事情了。这位爱聊天的兄弟又开始打起盹来(与他"不易入睡"的自我评价恰恰相反)。车窗外是平坦宽阔的农田,偶见茶褐色或白褐相间的奶牛。列车中途停靠两个车站,行驶一个半小时,缓缓开进哥本哈根车站。

微胖的商人也在这一站下车。分别时他连招呼也没打一个,匆匆忙忙走出包厢,冷淡薄情得出人意料。我在车站问询处打听到一家酒店住了进去。中档价位,精巧雅致。时间是下午三点左右。我摒弃了吃午餐的念头,脱了外套倒在床上。然而,心情就如初到吕贝克时一样,心头缭绕着轻微的兴奋感,是不可能睡着的。最终，我决定沦为一个心急火燎赶时间的普通游客，上街观光赏景。

这是一个微寒的阴天，路上却是行人如织。四周是庄严建筑的广场上，参加"候鸟运动"的青年男女、相互拍照的游客成群结队。我从广场走到行人最为密集的宽阔商业街上。行人中有半数没穿外套，边走边看街边店头。有一处，外围聚着黑压压的人群，我走过去瞧，原来是有人在展示一种除渍器，顺带着销售。

一个红脸膛、高个子、粗嗓门的男子连珠炮似的大声宣讲，同时演示给围观的群众看。他先是在台子上铺一块地毯，用黑黑的污水弄脏，然后用抹布、海绵什么的擦拭，污渍纹丝不动。接着他高高祭起一块四方形的白色厚海绵状的物体，把它按压在地毯的污渍上——哎呀真神奇，污渍消失了。台子前站了十来个孩子，个个看得是目瞪口呆。孩子身后的一大群大人们笑着看男子的表演。

在另一处，有人把葡萄、梨子之类的堆在平板车上卖，高高像小山。一幕幕风景，撩拨着旅人的心弦。我混迹在人群中，看见了托尼奥·克勒格尔暗自恋慕的那金发碧眼，深受触动。碧眼并不多，就我自己的感觉而言，碧绿的眼睛看上去就像金属一般，格外冰冷，不像是动物的眼睛，很难对此产生亲切感。若说它美丽，或许是挺美丽的。

而流云一般的金发不绝于目。每每目睹，心头就会掠过一种类似乡愁的感觉。如绢丝一般又细又柔又亮，象征着平庸的喜悦，还有那种叫作"铂金发"的，更接近于白色，散发微妙的光彩，几乎不像是天然之物，甚至令我黯然神伤，不可思议。既有垂及后背的长发，也有盘起的短发式。这些女性的后颈上，长着细密的白毛，格外性感撩人。

一座拥有青绿色尖塔的小教堂，铁栅栏前的长椅上，老人们自顾自地坐着，像是累了休息，又像是在消磨时光。我也落了座，久久观察路过的行人，我的心，时不时被眼前所见忽然刺痛……

一个小女孩从我面前走过。她身穿红外套，侧着脑袋对身旁的父母不停地诉说着什么，似有不满，说起话来快得很，短短的金发随风飘荡。看似她姐姐的长脸少女正笑着安抚妹妹。我不禁联想到去井之头公园时宛如少女的伦子形象——黑头发，黑眼睛，和这里的北欧民族形成鲜明对比。而两者在我心中，却牵惹起近似的憧憬。

时间已经是黄昏。我回到酒店稍事休息，洗了个澡。晚餐特意选择了撑肚子的食物，而且一反常态，早早地上了床。就这样，初到丹麦的当晚，我得以体味安宁又满足的睡眠。

第二天，我效仿托尼奥·克勒格尔参观此地，先后看了气派又威武的市政厅、头戴高筒帽的安徒生铜像、洛可可风格的丹麦王宫和罗森堡宫。这个古老的城市如同吕贝克一样，多山形墙建筑，铜像和自行车也是多如牛毛。只可惜趣伏里公园因为季节关系关门谢客（托尼奥·克勒格尔在此玩乐两晚），倒是一些出售银器和烛台等家装饰品的大型商店赋予这座城市别样风情。

暮色降临，我前往长堤公园，随后走到有小美人鱼像的码头堤坝旁。她那举世闻名的身姿就在水边，在昏暗而广漠的大海的衬托下，显得分外悲凉。

游人如织，大部分是美国人，用我听不习惯的英语热火朝天地交谈，或站立或蹲下，拍照留念。远处的海面上，白色的观光船和体型硕大的汽船缓缓驶过，几只体型不大的海鸥展翅翻飞。

就连人鱼像下面的岩座，也呈现出一种寂寥的浓绿色，像是长了一层铜锈。我走到水边细看，这才明白这岩座上密密地黏附着细小的绿色海藻，远远看去像是长了青苔。且说这尊金属的人鱼可谓是一具格外娇媚的女性肉体形象，令人心生忧愁。我尝试着回忆小学快毕业时读过的"人鱼公主"童话，但想起来的只有大略。正因为如此，人鱼公主那份对人类王子的爱也许才会格外凄切地涌上心头。

天快黑了。我见右手边有一幢看似大型餐馆的建筑，走了过去。突出路边的露台上摆了一长溜带大遮阳伞的圆桌，寥寥几位客人坐着喝饮料。找空位落座，看了菜单，简餐和饮料正合我意。谁知侍者迟迟不来接待。别的桌子他倒是去的，可任凭我多次举手，他就是不来我这边。我只当他不负责接待这边桌子的客人，也没吱声，只管等了。在漫长的等待之后，侍者总算是来了，用英语说这边的露台已经不营业，用餐里边请。苦等多时的我心头有火，嘴上倒没说什么。性格内向的我，其实是软弱可欺的。

比如以前和伦子外出旅游时，我俩当然是假扮夫妻的。只不过，假扮老公这行当远非我等能够胜任。火车到站后，我和她乘坐计程车，伦子便会向司机师傅打听附近的山名，然后对我说："亲爱的你看，那座山真美。"我一旦在陌生人面前被她喊"亲爱的",便会不知所措,一声不吭,顶多含含糊糊地应上几声。

又或是到达旅馆后,女服务员问道:

"先生,您更衣入浴吗?"

我不知该如何回答,支吾半天才挤出三言两语。之后伦子必然会抱怨:

"你可真没用。一点没有一家之主样子。你得拿出点派头来。太伤我心了。"

眼下身处哥本哈根海边,我也是畏畏缩缩地进了餐厅。这里是个颇有档次的场所,连菜单都跟外面露台的迥异,堪称豪华大餐。我还不太饿,有一种骑虎难下的感觉。

浏览了一遍菜名旁标注了英文的菜单,没点汤,只要了一份鸡肉咖喱饭和啤酒。尽管我有心理准备,可侍者就是不来。餐厅内除了我只有三桌客人,侍者只是一味地东奔西走忙得不得了,就是不到我的桌前。一身黑衣领班模样的男子将手背在身后到处转悠,什么事也不干。

侍者总算是来了。我点了菜,他只是"yeah yeah(好的)"地应了几声,转身又去别处。其态度毫无礼貌、尊敬可言。我是东方人,模样看上去年轻,西服又是皱巴巴的，只点了一份咖喱饭，或许是遭到他歧视了。

我在德国旅行，基本上没有如此不堪的体验。看别桌的客人，一家人开开心心地吃着丰盛的套餐，相形之下，我形单影只，独自一人吃着咖喱。细长的饭粒干巴巴的，咖喱的味道倒还行。

吃完后，我点了咖啡，又是等了老半天才来。就连买单结账也是耗时良多。我心中不悦，倒也还是效仿吕贝克作家，给了不少小费。不料侍者小哥只应一声"thank you"，毫无感谢的神色，匆匆忙忙走开了。

回到酒店，晚上我在餐厅一旁的小酒吧喝了两杯红葡萄酒。心中反刍白天所见的建筑和金发碧眼的男男女女，小口抿着酒消磨时光，渐渐地有了醉意，白天在海边餐厅的那段不快的经历也变得模糊，心中陶然，便回到自己的房间，翻开《托尼奥·克勒格尔》，找到想读的那一页。

> 不久，他便厌弃了这座熙熙攘攘的城市。他的心中一半是回忆，一半是期待，形成一种有些孩子气的不安情绪。再者，他想去一处海边，随

心所欲地躺在那里,他不想像那些匆匆忙忙走马观花的游客一样——这些念头也让他行动起来,在一个阴沉的日子里再一次乘上船,沿着西兰岛海岸向北驶往赫尔辛格。在那里换乘马车,沿一路能俯瞰大海的国道大约走一个小时,就到达了最终的目的地——一家挂着绿色遮阳帘的白色海滨酒店。

我的旅行计划和托尼奥·克勒格尔的行程是一样的。

这一天,我早早地上了床,似乎梦见了绿色的美人鱼像。不知不觉地,人鱼像演化为伦子的模样,赤裸的身体比金属的人鱼还要瘦。

托尼奥·克勒格尔是乘船去的。我则是赶早乘上了老旧黯淡的火车——车上连包厢也没有。火车刚驶出一段,就进了隧道。之后我便看见了叶子黄得赏心悦目的森林、广阔的田野还有放牧的马群。小站间隔很近,火车频频停车,在赫尔辛格之前的一站,右侧的车窗外出现了海。那是苍茫无际的大海。

我在港口城市赫尔辛格下了火车,只因想参观卡隆堡宫——也就是哈姆雷特的城堡。托尼奥·克勒格尔在出发前不是对丽莎维塔说过这样一番话吗：

> 我打算去卡隆堡的高处上站一站。那里，鬼魂出现在哈姆雷特面前，给那位可怜的年轻人带去苦难和死亡。

火车站不远处便是海港。几艘庞大的汽船停泊于彼，有的船被推轮推着缓缓离岸。几个水手靠在甲板栏杆上朝我这边看。往前走，正对面的高地上，出现了卡隆堡宫的正面，屋顶是淡绿色的。这所由弗莱德里克二世建于1585年的要塞雄踞海峡边，虎视眈眈地望着仅仅四千米开外的瑞典。

这座城堡被色泽黯淡的砖墙包围，砖墙外围是天鹅悠悠滑水的护城河。走过城门，眼前是一个大广场，在广场尽头的稍高处，一座灰白色厚重敦实的建筑物横陈眼前，淡青色铜绿的青铜屋顶相当醒目，另有四座尖塔。

走进内庭，粗略参观了城堡上层的诸多房间，领略了装饰着挂毯和武器防具的"骑士大厅"，接着走进位于一层的昏暗房间。几名游客看着刻在脏兮兮的石头墙上的涂鸦发笑——许许多多的人名，还有心形符号等。我看了个大概，刚要走出去，导览员模样的红衣女子走了过来，用英语说："再等五分钟。"

五分钟后，房间内聚集了大约二十来位游客。鼻头尖尖、长相与丑陋的鸟有几分相似的女导览员将我们带往地下。在这里，我看到了传说中的王的大型白色石像（据说一直沉睡的他在丹麦面临危难时就会出现），但更让我铭记在心的，是真正意义上的地下监牢——阴惨无比的岩洞、低矮狭窄曲曲折折的地道以及豁然开朗的地窖。照明是蜡烛形状的灯泡，石墙表面黑得可怕，寒意充斥着地下空间，令人汗毛直竖。

此时此刻我感受到的，是北欧阴惨的沾满鲜血的历史，是肉食民族的彪悍妄为，是与恬淡的东洋风物迥异的暴戾可怖的怪力乱神。风土不同，建筑不同，人的本质也是大相径庭的。

后来，导览员将一众游客领到楼上的房间，将讲解的任务交给一位挺和气的胖男人。我中途脱逃，一是因为我听不大懂讲解时说的英语，二是因为我想早些到达托尼奥·克勒格尔最后的目的地阿斯加德。卡隆堡宫不过是路过罢了。

走到户外，卡隆堡宫巍峨矗立，很难想象刚才目睹的阴森恐怖的地道和地窖内藏其中。城堡后方的海陆相接处似有灯塔，隔一阵便拉响雾笛，声音很大似咆哮，城墙处回响不绝，说起来，当日天色不佳，灰云低垂。

托尼奥·克勒格尔是乘马车去阿斯加德的，我坐的是涂成红色的火车，一会就到了。车站极小，只有收费的厕所和涂成红色的私人信箱，连寄存行李的地方都没有。我还是拜托车站的工作人员将旅行包暂存于此，轻装上路，朝大海的方向前进。低垂的乌云间落下雨滴，大风吹起头发，我无所顾忌，立起衣领，走在路上。

不久，隔着一条极宽的马路，烟雨迷蒙呈乳白色的海景进入视线。托尼奥·克勒格尔在九月中下旬来的这里，这片海域还带着夏季的余韵，平滑和缓，甚至是无精打采，而天气不好时，惊涛骇浪就像亮出犄角的狂怒公牛，残暴地冲撞着海岸——我来的，就是这片海。小说中，托尼奥·克勒格尔在海中游泳以散心，转身走向岸边时，大海在背后召唤他，引诱他，问候他——我来的，就是这片海。

往下走到海边，才知此处是一个不大不小的船码头。三条细长的木头栈桥直直地架设在海面上。窝棚前,几个渔夫打扮的男子正在整理修补渔网。附近,十来条红色和蓝色的小艇被拉上岸来,桅杆上没挂帆,令人联想此地夏季的喧嚣热闹。

所幸的是雨不下了。我走到栈桥的最前端,眺望远处微微发白的沉滞海面,再看近处色泽暗淡摇曳不止的波涛。海风带来潮水的芬芳,伫立风中,觉得自己的视野再次模糊朦胧起来。对于山,我一直是抱有亲切感的。相形之下,广漠的大海近乎未知,它带给我的,是深不可测的憧憬和好奇心。

在我的右手边,远方的海面雾霭迷蒙。雾笛声定时从彼方传来,低沉沉阴森森,恰恰象征着北欧阴冷的冬天。我心想是不是轮船被困在雾中了,忽然意识到:该不会是刚才参观的卡隆堡宫灯塔的雾笛声吧——这个猜测十有八九是准确的。

看手表,已经是十二点一刻。我往回走,脚下细长的栈桥只有单侧有扶手,挂着渔网晾晒。走到聚着闲聊的渔夫身边,开口问询:

"海边有没有旅馆、餐厅什么的?"

我说的是德语,渔夫们好像听不懂。一人手指向沿海国道的左边,又把手指按在我手表的针盘上,挨个点数字给我看,告诉我走十五二十来分钟就有。

"Mange Tak(非常感谢)。"

我向他道谢,随后朝着渔夫所指的——也就是赫尔辛格的方向走去。这句丹麦语在《托尼奥·克勒格尔》出现过,我记住了。雾笛声再一次扑面而来。

道路两侧的家家户户又小又矮,有的用木板铺成屋顶。我心生好奇,走近伸手触碰,是木头无疑。有些贫户的木屋顶甚至长满了苔藓,整体呈绿色。道路一侧立着电线杆,阴天下高挑细弱的电线杆茕茕孑立的样子,更添一分乡土气息。

我快步走在这条乡野间的国道上,不知走了多久。旅途中,总有两种心绪交替萦绕在心头,一是期待和兴奋,另一种恰好相反,是沉静和低迷。看了看表,从刚才渔夫指路的地方走起,刚好十五分钟。

就在这时,我的右手边赫然出现一家规模相当大的白色建筑,与周边的低矮人家形成鲜明对比。它出现得太突然,简直可以用"冷不丁"来形容。我走到前面,才知这幢涂刷成雪白的建筑是一家酒店,四周同样是白色的低矮围墙,很是潇洒偲傥。我的心跳加速了——这儿,该不会是托尼奥·克勒格尔曾经逗留的海滨酒店吧?

迈进酒店的那一刻起,我就被一种奇妙的错觉和惊喜所俘:眼前的大厅里,举行着一场盛大的自助餐会,人声鼎沸,热闹非凡。一侧墙边的大桌上,摆着形形色色各式各样的美味珍馐,绅士们人手一只餐盘,排队自取中意的食物。有的人端着满载食物如小山一般的餐盘,避开来往人流。看餐桌边,不少人已经在大快朵颐,当中有的人吃光了盘中物,又起身去取——几十位绅士在大厅中来来往往,拥挤不堪,朗朗谈笑声胀满了整个空间。

我之所以陷入一个奇妙的错觉,其实是有原因的。

托尼奥·克勒格尔在海滨酒店卸下行装的几天后,从赫尔辛格来了一大批来这里远足郊游以及参加舞会的人们。那一晚,有乐队伴奏的热闹舞会开始了。托尼奥·克勒格尔在人群中,发现了与金发碧眼的汉斯和英格堡同属一类的人。

音乐响起,克勒格尔走出房间,来到铺着玻璃的阳台上,蹑手蹑脚地,像是走在禁止通行的小路上,小心翼翼地在黑暗中摸索。通往大厅的门始终是敞开的,两盏硕大的油灯把室内照得亮堂堂。克勒格尔悄悄潜入,站在暗处以避人潮,窥视煌煌照明下翩翩起舞的人们。这小偷小摸的快乐令他浑身酥痒。他急切地四下张望,将目光投向一直在寻找的那两个人。

眼前这的喜气洋洋的大午餐会盛况,令我不禁联想起托尼奥·克勒格尔目睹的舞会,进而产生一种预感:这所酒店,莫非是吕贝克作家落脚的那一家?

我穿过人声鼎沸的大厅,眼前有屏风阻隔,屏风后似乎才是原本的餐厅,摆了好几张小小的餐桌,也是座无虚席。好不容易在餐厅中央的一张空桌边落座,在漫长的等待之后,我才得以点了一份当地的知名小吃"单片三明治"和啤酒。

我酒足饭饱时,大厅里那伙吵吵嚷嚷的人陆陆续续离开,只留下空荡荡的餐厅,格外空旷落寞。结账时,依然沉浸在幻想中心动不已的我问起吕贝克作家的事情,可惜侍者不懂德语,我费了好大劲用英语反复问了几次。

"请您稍等。"

侍者用英语答复道,随后走开。过了一阵,看样子是领班的人物走来。这位身材高大上了年纪的男士用流畅的德语对我说:

"您问的是托马斯·曼吧?我听说过他曾经光临

本地。只不过,他下榻的酒店很早就没有了,不是这家。"

果然是这样。人生不如意十之八九,老实说,我很失望。重振精神后问道:

"刚才的聚会是什么性质的?"

"赫尔辛格某个团体的聚会。这是个供大家玩乐的地方,经常有来自赫尔辛格等地的客人在这里办聚会。"

我问他现在有没有空房。领班彬彬有礼地答道:

"现在是淡季。空房不少。"

我便请他叫来计程车,去火车站取来旅行包,回到这座想象中托尼奥·克勒格尔居住的酒店。侍者将我迎进一间相当宽敞、陈设也极其明朗的房间。我声明,如果感觉好,就住上三四天。

这间房有三扇朝海的玻璃窗,挂着鲜亮的天蓝色窗帘,窗户前面阳台栏杆的上部也是天蓝色的,此外的部分都白得像海鸥的翅膀。夏天,这里一定是个明亮鲜丽的地方吧。将这里作为这次旅行的终点,悠闲度过几天,实在是再适合不过了。我就像个心满意足的少年。一路走来步履匆匆,我打定主意,要在这里度过一段久违的轻松时光,忘却时间的流逝。

第二天，我践行昨天的主张，不再匆匆忙忙，放弃了明确的目的，将心交给这片海滩的风，时间一半是空白的。早晨我起得很晚，在早餐供应快结束时出现在餐厅。早餐的菜品很是丰富，除了面包、黄油和果酱，还有火腿和香肠。算一算房费，还是含早餐的，真的不贵。并不早的早餐时间，在场的还有三桌带孩子的家庭和一位总是边看报纸边喝咖啡的微驼老者。他们说的无疑是丹麦语，任我侧耳倾听，也不解其意。客人之间也不见交谈。

白天，我由着心情漫步，往下走到海滨。旅馆前的海滨在夏季会变成浴场，沙滩相当顺滑，听着海浪的喧嚣沿海边走，水边是颗粒颇大的砂石，深褐色的海草被海浪打上岸，有几处甚至堆成了高高的小丘。我蹲下眺望这荒凉的风景，潮水的香味一下子变得浓烈，近乎凶悍地灌进我的鼻腔。

尽管偶尔有阳光透过云层，这里几乎每一天都是阴沉压抑的天气。远处海面是朦胧的灰白色，水岸相接处，摇曳的水波几乎是乌黑的，夹杂着海草的茶褐色。远处卡隆堡宫的雾笛声定时传来，深深沉沉，带着忧郁。

一位头戴黑色带檐海员帽、身穿褐色毛衣藏青色裤子的男子慢悠悠地朝前走,脚上穿的是木鞋。他朝拽上岸来的渔船里看了一眼,继续往前走去。我也去瞧了一眼渔船,伸手碰了碰,有一股轻微的沥青味。

随后我又朝陆地的方向走去,边走边欣赏低矮木板房那别具风情的烟囱。走了大概三十来分钟,眼前出现一片牧草地,再往前是一大片山毛榉林,树叶几乎落尽,裸露的枝梢看上去颇为凄凉。我在树下落座,从雨衣口袋里取出《托尼奥·克勒格尔》,读了几行,闭上眼陷入沉思,又读上几行。

先前我写过,自己度过了一段慵懒怠惰的时光,但内心深处却非如此。就在我踏上旅途的那一刻起,我的心一直在摸索,寻求一个模糊的影子——坦白地说,我在构思下一部小说。夏天,我结束蒂罗尔之旅回到蒂宾根时,收到了日本某出版社的来信,告知我那部入围新人奖的作品最终落选(意料之中),还说打算将我之前寄给他们的一百五十来页的小说稿件刊登在秋季出版的杂志上,并提到他们正在策划一套新人作家的长篇小说丛书,问我有没有兴趣写一部篇幅足以制成单行本的长篇小说。

我在同人杂志里的资历算是老的,但从来没有写过长篇小说。现如今，对于这一点，我的动机是强烈的——我想要创作一个周正像样的故事，比起表达自己一时心境或是环境氛围的短篇小说，我想进一步挖掘自己的内心。

尤其是我的童年。在日后的记忆中，这一段时光是朦胧昏暗的。这份记忆被不可思议的心理机制压抑在忘却的帷幕中。在信州上高中期间，我费了好大劲将它发掘出来。这可谓是心的神话，又可称之为心灵的自传，我是无论如何都想写上一写的。因为我有一种感觉，它或将解释我这个人到底来自何处，又将去向何方。

总是把眼镜忘在家中某处，写作时却展现出异乎寻常执着、极少开口说话的父亲……某个冬夜，忽然在楼梯上方现身后抛弃我和姐姐不知所终的母亲……出生在这个世界上不是为了活下去、而仅仅是为了死去、脆弱如人偶一般的姐姐……热衷于变魔术的叔叔……醉心于少女歌剧的堂姐……擅长一切游戏、爱捉弄人的堂兄。

还有呢。战争期间与我在同一个兵工厂参加强制劳动的女生。从某个角度看，她的脸流露出一丝阴冷的坏心眼，而与邻座的少女嬉笑时，脸颊上非常自然地呈现出一对深深的酒窝,令整张脸顿时充满生机……再往前追溯两年,参加短期强制劳动时,出现在我面前的一个低年级男生。学校搞军训时,他身穿卡其色的雨衣,端着枪,令他看上去更像是个女孩子……前往三城牧场的途中,冰清绢蝶悠悠飘舞,在这里我遇见了一对姐弟,他们身上有一种让我轻易就范的元素……某个正演奏着《牧神的午后》的音乐厅内,长笛的旋律犹犹豫豫,唯唯诺诺,断断续续,忽然一位少女站起身——她竟然如此酷似我心目中时常憧憬的理想形象!此后我与她有过几回不期而遇,每一次都在我的心中掀起喜悦和苦恼。

这些人物对我来说绝非等闲。这次旅途中,朦胧飘忽的人物形象一直萦绕在我的脑际。将这些形象明确化,并悉心加以塑造,乃是我即将落笔的长篇小说的第一要务。我认为,这项作业关系到更好地认识我自己。

至于伦子,我还不想写她。这段不伦之恋(我十分反感这个词,但这就是事实)扎在我的心上,留下的伤口还是太新鲜了些。眼下我倘若去写它,心情必然是激越的。话说回来,我来德国的目的之一,是让自己淡忘伦子的面容,然而为什么每当我踏上旅途,关于她的回忆都会不由分说地涌上心头呢?

入住海滨酒店的当晚,我梦见自己回日本后给伦子家里打电话,醒后心中满是后悔和罪恶感。当我孤身一人踏上旅途,心便开始向往起过去——我心目中离自己最近的那个过去。

且说这部长篇小说的时间跨度,涵盖昏暗的童年到信州求学时期。我漫步海边,沐浴着海风,内心一直在求索一个契机、一个开篇。然而,我始终无法回归平静,也无法彻底地进入一种创作所需的冰冷的觉醒状态。缘于此,我怎么也把握不住那个契机。事相显出模糊不清的轮廓,一旦我伸出手去捉摸,它却倏然离我远去,烟消云散。

我坐在山毛榉树下,眺望远方的海,读上几行《托尼奥·克勒格尔》,沉浸在深深的思绪里,心头掠过几缕焦躁。那个至关重要的契机迟迟不来,我站起身踏上归途。此时此刻,眼前这一片朦胧的乳白色的海景,在我看来是那么忧郁,从远方卡隆堡宫传来的阴森森的雾笛声也是一样。

第二天中午,酒店又迎来了来自赫尔辛格的客人,大厅里又开起午餐会,同样是自助餐的形式,但与上回绅士聚会不同,这次的来客是家庭,有不少女士和孩子参加,所以会场气氛也是格外热闹,夹杂着嘹亮高亢的童声。

我在紧靠大厅的餐厅小桌边落座,一边吃着虾仁蛋包饭,一边艳羡他们的和美团圆。那里有属于金发碧眼的人种,他们大口进食,大声谈天,放声大笑——他们就是生命本身。我仔细端详那流云一般的金发,美得让人心疼,再看正脸,倒算不上标致。

这时,一个约莫十三四岁的少女走进视线。她体型修长,可以联想到她长大成人后的体态,表情依然是稚嫩天真的。一头典型的铂金色头发,一双碧绿的眼睛,一个小巧的鼻子和一个让她看上去显老成的苹果下巴。她端着盛有食物的餐盘,回到距离我的桌子不远的长条形餐桌旁。原来她手中的食物是带给弟弟的。她朝弟弟莞尔一笑,无比可爱动人,随后又喜滋滋地走向满载食物的大桌子,加入取食的人群中。返回时,她忽然朝我瞥了一眼,莫非是觉察到落在她身上的视线?那碧绿的眼睛有一种冷峻的美,在我看来,她的眼神中掠过一丝狐疑。

一阵羞耻感来袭。我不知所措,急忙低下头。"都这把年纪了,竟然刻意回避小姑娘的视线……"

我觉得自己窝囊,然而事实就是如此。短时间内,我没办法把头抬起来。

托尼奥·克勒格尔不也如此吗?他躲在暗处,把目光投向明亮的舞会现场时——汉斯·汉森和英格堡·霍姆的同类近在咫尺!他喜出望外。乡愁演变成强烈痛苦,把他的心揪得生疼,以至于他不禁后撤一步,退回黑暗中,以免被人看见他面部肌肉的痉挛。

> 我已经忘了你们吗?不,从来没有!没有忘记你,汉斯,也没有忘记你,英格堡。我工作,本来就是为了你们。每当我听到有人向我欢呼喝彩,我就偷偷地四下张望,看看你们是否在那人群中……

我的脸也在抽搐。面前摆着已经冰凉的蛋包饭,而我则陷入荒诞无稽的幻想中——伦子会出现在这里吧?说不定,一个不好,万一就出现了呢?她微笑着靠近我,和我展开这样一段对话:

"亲爱的,你好吗?我离婚了。"

她接着说:"你还爱我吗?"

"当然。"我回答。

"那就亲我一下呗。"

我一动不动地坐着,做着可悲又离奇、混乱且愚蠢、却是出自我真心实意的白日梦。然而,伦子那张带着温润乌瞳的脸始终没有出现。世界上是不会发生这种事的。

大厅的宴会接近尾声,走出店外的人也多了起来,生活的热闹和喧嚣已然波及我身。我的精神受了重创,心中充满悔恨和思乡之情,久久坐着,直到大厅变得空无一人。之后,我垂着脑袋,登上宽阔的楼梯,回到自己的房间,穿上厚毛衣和雨衣,走出酒店。酒店前的沙滩上,刚才家庭聚会的孩子们嬉笑打闹着。我从中辨认出那位美丽的少女。她显得老成持重,微笑着观望小孩子们玩耍。我凝视片刻,心中念了一句"再见",朝人影稀疏的方向走去。

脚踩粗砾,我在堆积得高高的茶褐色海草边蹲下,吸入潮水那浓得有些呛人的芬芳。极目远眺,今天的地平线同样是一片迷蒙的乳白色,走到水边,看乌黑的海水摇曳起伏。

其间,我的心思却飘向了另一边:

"再过二十年。"我想,"或许在二十年后的一天，我能写下这样一句：伦子，我可曾忘了你。"

我和伦子的感情，终究是不会有好结果的。但在我今后的人生中，还能再一次像爱伦子那样去爱另一个人吗——如此地忘我，如此地走投无路，如此多的欢乐和苦恼。伦子，我是绝不会忘记你的，至死不渝。我和你分开，是迟早要面对的宿命。伦子，你是一个有能力快活地、纯朴地、天真烂漫地享受生活的人（即便你偶尔忧伤，那也不过是"金发碧眼者"所具备的生机勃勃的感伤——这么说是不是有些过分？）而我呢？我是一个模糊不定的存在。我气质当中的自闭、狷介将会与日俱增，或许会成为一个表面上的厌世者吧。或许，我会度过自暴自弃的、不体面的、彷徨迷惑的一生。但是，在我另一部分意识当中，我一生都将有能力去爱人们、爱人生吧。伦子，你知道吗？这是你赋予我的东西。在将来的日子里，记忆中的你也将一直赋予我这些。伦子，你知道吗？你是在我童年时令我如醉如痴的花草虫介，你是我心中暗恋的少男少女，你是他们的结晶，你是他们的综合体，你是他们的化身。伦子，我的人生或许将在表面上的惨淡和不幸中终结，但对你曾经的那份爱，可以证明我也幸福过。伦子，再见了。我必须回溯自己的历史，去追寻那辽远的往昔，把它写下来，使之成为有形之物。毕竟，这是我孤独的、冻结的宿命。

我离开海边，面向赫尔辛格的方位迈开步子，走进前天和昨天都曾涉足的山毛榉林，在熟悉的树下落座，抬眼望，只见树叶落尽的枝条伸向阴冷的天空。我又垂下头，默默地沉思起长篇小说的开头、写作的契机以及与这部小说相匹配的文体。那些在我刚踏上旅途时含糊不清的东西，此时渐渐地有了明确的形态。我继续冥思，将其捕捉——一些文字显现出来，我把它们铭刻在心里。

远方，又传来卡隆堡宫渺渺的雾笛声。

当晚，我在房间的小桌上摊开笔记本，开始动笔。房间里寂静无声，只有通蒸汽的暖气设备微微作响。这微响反倒烘托出当下的静谧。整家酒店早已睡熟。我已经很久没有动笔写作，一种冷静而清醒的亢奋感令我有些颤抖，心跳加速，一会又平静下来，有些畏惧。我终于落笔：

"人为何讲述回忆？"

这是很久之前我写在草稿上的一句话。我往下写：

正如每个民族都有神话,每个人的心中也有神话。这份心中的神话逐渐淡去,不久便在时间的深处隐没形姿。然而,人总在不知不觉间,反刍着朦胧的昔时潜入心房、在那里悄然留下划痕的些许往事,年复一年皆如此,直至生命终结。这反刍常在无意识中进行,有时却也被反刍者发觉,就像悠闲啃食桑叶的蚕,觉察咀嚼时的微响,不安地抬起头来看看。此时此刻的蚕,是什么心情呢?

……写得很顺,这一点出乎我的意料。我有意识地避免模仿吕贝克作家那种精雕细琢锐利坚硬的文体。因为我觉得,要表现那个暗纱笼罩下的童年,我需要用一种更柔软更富感性的文体,更何况在这部作品中,抒情的意味比客观描写更多更浓。

一片寂静之中,我持续着这一份孤独的营生,大约写了四个小时。写得太快绝非好事,但现在的我,可以说是处于这样一种状态:蓄积多时、酝酿已久的东西喷薄而出。我真是累了,筋疲力尽,意识都模糊了。我搁下笔。开本颇大的笔记本上,密密麻麻地写满了七页。

怀揣着又喜又怕的心情，我从头读了一遍——算不上是什么好文章，但有一点是可以肯定的，至少在表达自己的感觉和感受性方面，它比我以往写的那些作品要好。

"说不定，这将会成为我的第一部作品。"我自言自语。

打心眼里累了。一种干涩呛人的满足感溢满心胸，浑身酥麻。起身打开窗，夜已过半，外面起了风。强有力的海风吹乱我的头发，窗下传来浪涛冲刷海岸的声音。尽管寒气迫人，我还是侧耳倾听那永恒的海洋的轰鸣——它仿佛要包裹一切，搅拌融合，带向超越善恶的境地。它意味着爱和宽容，也意味着荒凉和冻结。它包含着某种根本性的爱恋、烦恼和幸福，也蕴藏着某种必然的人性本能、微微毛躁的心情和孤独者孑然一身的思想。

我伫立在潮湿的寒风中，眼望夜幕下黑魆魆的海面，耳闻大海低沉的轰鸣。我觉得，大海在冷冷地召唤着我，引导着我，给我暗示——接下去要走的路，恐怕充满了艰难险阻，我的前途，恐怕是苦涩、阴惨、毫无指望的，一如北欧那阴云密布的天空……

Kodama
by Morio Kita
Copyright © 1975 by Kimiko Saito
First published in Japan in 1975 by SHINCHOSHA Publishing Co., Ltd., Tokyo
Simplified Chinese translation rights arranged with Kimiko Saito
through Japan Foreign-Rights Centre/Bardon-Chinese Media Agency
本书中文简体字版版权,浙江文艺出版社独家所有。
版权合同登记号:图字:11-2020-284号

图书在版编目(CIP)数据

木精:一个关于青年时期和追忆的故事/(日)北杜夫著;曹艺译.—杜州:浙江文艺出版社,2021.2
 ISBN 978-7-5339-6306-4

Ⅰ.①木… Ⅱ.①北… ②曹… Ⅲ.①长篇小说—日本—现代 Ⅳ.①I313.45

中国版本图书馆 CIP 数据核字(2020)第223154号

统 筹	曹元勇
策划编辑	李 灿
责任编辑	李 灿
文字编辑	伍华星
责任印制	吴春娟
装帧设计	人马艺术设计·储平

木精——一个关于青年时期和追忆的故事
〔日〕北杜夫 著
曹艺 译

出版发行	浙江文艺出版社
地 址	杭州市体育场路347号
邮 编	310006
电 话	0571-85176953(总编办)
	0571-85152727(市场部)
印 刷	上海中华商务联合印刷有限公司
开 本	787毫米×1092毫米 1/32
字 数	135千字
印 张	8.75
插 页	6
版 次	2021年2月第1版
印 次	2021年2月第1次印刷
书 号	ISBN 978-7-5339-6306-4
定 价	56.00元(精装)

版权所有 侵权必究
(如有印装质量问题,影响阅读,请与市场部联系调换)

一本书打开一个世界

欢迎订购、合作
订购电话：0571-85153371
服务热线：0571-85152727

KEY-可以文化

浙江文艺出版社

天猫旗舰店

关注 KEY-可以文化、浙江文艺出版社、浙江文艺出版社天猫旗舰店公众号，随时获取最新图书资讯，享受最优购书福利以及意想不到的作家惊喜